저스트 인생

저스트 인생

펴 낸 날 2024년 10월 14일 초판 1쇄

지 은 이 문선욱
펴 낸 이 박지민, 박종천
편   집 김정웅, 이경미, 민영신
책임편집 윤서주
디 자 인 롬디
책임미술 웨스트윤
마 케 팅 박종천, 박지환

펴 낸 곳 모모북스
　　　　　서울특별시 동대문구 왕산로81, 203-1호(두산베어스 타워)
　　　　　전화 010-5297-8303 팩스 02-6013-8303
　　　　　등록번호 2019년 03월 21일 제2019-000010호
　　　　　e-mail pj1419@naver.com

ⓒ 문선욱, 2024
ISBN 979-11-90408-63-9

다정한 고집과 성실한 낭만에 대하여

저스트
인생

문선욱 지음

프롤로그
(Prologue)

K, 너의 30대는 어때? 이상과 현실, 자유와 책임, 낭만과 고독. 이러한 것들의 경계에서 자주 버거워하던 우리였잖아. 내가 행복하길 바란다는 너의 마지막 말이 나는 아직도 숙제처럼만 느껴져. 물론 네가 내준 숙제는 차근차근 풀어가고 있는 중이야. 아니 어쩌면 조금 괜찮은 답을 찾았는지도 모르겠어.

K, 나는 내 인생이 시트콤 같았으면 좋겠다. 쿨하고 키치하게 살아가야지. 시트콤이 되지 못할 바엔 블랙코미디로라도 만들어버려야지. 내 슬픔에 본때를 보여줘야지.

그러니까 나는 이제, 음악도 영상도 글도 그만두지 않을 거야. 네 덕분이야. 고마워.

Contents

특 별 한

손 님

1

"오랜만에 다시 카페에서 알로하를 마주했다.
그런데 문제가 하나 있었다.

알로하가 꽤 친한 사람처럼 느껴진다는 거였다."

       ✦

 '저 오늘 저녁에 부들이랑 산책할 건데 괜찮으시면 같이 산책하실래요?'

 알로하에게서 인스타그램 메시지가 왔다. 부들이는 알로하가 기르는 개 이름이었다. 나는 뭐라고 대답할지 고민했지만, 알로하에 대한 마음은 이미 기울어진 상태였다. '좋아요. 산책해요.' 답장을 보냈다.

 알로하와는 카페에서 처음 만났다. "저⋯⋯. 강아지 들어와도 되나요?" 철문으로 된 카페 문이 열리며 누가 내게 물었다. 좀 전에 창 너머로 카페 안을 유심히 쳐다보고

간 사람이었다. 가던 길을 다시 돌아 카페로 온 것 같았다. "그럼요." 그게 알로하와 나의 첫 대화였다. 그러니까 나는 사장이고 알로하는 손님이었다.

가게로 들어온 알로하는 조금 더워 보였고 함께 들어온 개는 조금 더 더워 보였다. 알로하에게 음료를 건네주고 개가 마실 물도 챙겨주자 알로하는 본인의 개 대신 내게 고맙다고 말했다.

약간 수줍어하는 것도 같았는데 나는 그런 모습이 귀엽다고 생각했다. 크게 궁금하진 않았지만 손님의 개 이름 정도는 물어보는 게 일상적인 것 같아 개 이름을 물어봤고, 개의 이름은 부들이라고 했다. 내가 보들인지 부들인지 물어보자 알로하는 "부, 들, 이요."라고 안 그래도 짧은 이름을 한 번 더 끊어 말해줬다. 그러고선 계좌이체 해줘도 되냐고 물어보길래 내가 "카드 주셔도 돼요."라고 말했지만 알로하는 굳이 "계좌이체 해드릴게요."라고 대답했다. 나는 알로하에게 내 계좌번호와 이름을 적은 포스트잇을 건네며 속으로 '현금을 주고 싶어 그런 걸까, 카드가 없는 걸까?' 생각했다. 입금했다는 알로하의 말에 내가 "네, 잠시만요. 김OO님 맞으시죠? 감사합니다."라고 대답했는데 뭐랄까, 음료를 판 게 아니라 중고 나라 직거래를 한 기분이었다. 메뉴판에 '미개봉 허브티, 쿨거래 시 에누리 가능'이라고 써놔야 할 것 같았다.

나는 알로하가 편하게 있으라고 시야에 안 걸리는 자리에 앉아 노트북을 했다. 내가 신경 쓰지 않는다는 걸 알려주기 위해 타자를 괜히 세게 입력해 소리 내보기도 했다. 그런데 얼마 지나지 않아 알로하가 내게 다가오더니 부들이 물을 챙겨준 답례라며 빵을 건네줬다. '빵을 파는 카페에서 빵을 건네주는 손님이라니.' 심지어 직접 만든 빵인 건지 포장지가 아니라 갈색 냅킨에 돌돌 말려 있었다. 아까는 중고 나라 직거래하는 기분을 느끼게 해 주더니 이번엔 할머니 쌈짓돈을 용돈으로 받는 손주가 된 것 같았다. 묘한 사람 같다는 생각과, 꾸밈없는 행동에서 느껴지는 선한 기운이 어쩐지 마음에 들었다. 알로하가 준

빵 표면에 냅킨이 달라붙어서 냅킨도 조금은 함께 먹었지만 전문적인 솜씨가 느껴지는 빵 맛이었다. 나는 알로하가 다음에 또 오면 '냅킨 브레드'에 대한 보답을 해야겠다는 생각을 했다.

사흘쯤 지나고 알로하가 다시 카페에 왔다. 묘하게 반가운 기분이 들었다. 음료를 건네줄 때 알로하의 눈 밑이 살짝 떨리는 걸 봤지만 내색하지 않았다(알고 보니 철분 부족이었다). 그저 알로하와 함께 방문한 개의 이름이 기억나지 않아 다시 물어봤고 덕분에 알로하는 "부들이요."라고 내게 또 한 번 얘기해 줘야 했다. 내 기준에서 부들이는 충분히 잊어버릴 만한 이름이었다. 임팩트가 없었다. 자고로 임팩트라 함은 부들이가 아니라 벌떡이나 빡돌이 정도 됐을 때 생기는 것이었다. 나는 왠지 모르게 이 녀석의 이름을 또 잊어버릴 것 같다는 예감이 들어 왜 부들이인지 물어보았다. 알로하는 부들이를 처음 봤을 때 부들이가 부들부들 떨고 있어서 부들이라 지었다고 했다. 마치 내가 아는 어느 '나쁜 주인'이 식목일에 데려온 강아지 이름을 나무로 지은 것처럼, 부들이라는 이름의 유래 또한 꽤 멋진 스토리텔링이라 생각해 인정하기로 했다. 알로하는 그때 부들이가 나에게 인정받았다는 사실을 전혀 눈치채지 못했을뿐더러, 눈치챘다 한들 '네가 뭔데 인정을 하고 말고 난리야. 강형욱이야 뭐야.'라고 생각했을지 모르는 일이지만 어쨌든 우리는 부들이에 대한 대화를 주고받기 시작했다. 잠깐만 하려고 했던 대화는 이유를 모르게 끝나질 않았고, 꽤 긴 시간 대화한 탓에 대화의 주제 또한 부들이에게서 알로하로 자연스레 넘어가게 되었다.

나는 알로하가 제빵 일을 한다는 거, 지난번 내 카페에 들어오게 된 이유가 바로 옆에 있는 카페에 왔다가 문이 닫혀 방황하다 들어왔다는 거, 그 카페 사장님의 지인이라는 거, 그리고 사실 내가 먹었던 빵을 그 카페 사장님한테 주기 위해 온 거였다는 걸 알게 되었다. 나는 바로 옆카페 사장님을 잘 알지 못하지만 왠지 그 사장님은 냅킨이 붙어버린 빵을 나만큼 맛있게 먹진 않을 것 같았다.

알로하가 갈 때쯤 돼서 갑자기 빗방울이 떨어졌고 나

는 편의점에서 제일 싼 비닐우산을 사 와 알로하에게 쓰고 가라고 건네줬다. 생각나서 한 행동은 아니었지만 저번에 먹은 '냅킨 브레드'에 대한 보답이 된 셈이었다. 나는 내심 알로하가 또 왔으면 좋겠다고 생각했다.

알로하는 바로 다음 날 카페에 들렀다. 우산을 돌려주러 온 거였다. 우산의 답례로 빵도 함께 받았는데 이번에는 냅킨이 아니라 포장지에 잘 담겨 있었다. 가던 길에 잠깐 들렀다는 말과 함께 어울리는 잠깐의 대화가 이어졌다. 내가 알로하에게 부들이 비는 안 맞았냐고 물어봤고, 알로하는 집에 가는 동안 비가 안 왔지만 우산은 감사했다고 대답했다. 소나기에 설레발친 것 같았지만 알로하와 부들이 둘 다 비를 맞지 않았으니 어찌 됐든 다행이라고 생각했다. 그리고 이제는 딱히 주고받을 것도 없으니 어쩌면 알로하가 또 오지 않을 수도 있겠구나 생각했다.

다행히도 그 후로 알로하는 몇 번을 카페에 오려 시도했고, 불행히도 그날마다 내가 쉬는 날이라 알로하가 방문할 수는 없었다. 알로하가 '오늘 영업하시나요?'라고 보낸 인스타그램 메시지가 쌓여갔다.

오랜만에 다시 카페에서 알로하를 마주했다. 그런데 문제가 하나 있었다. 알로하가 꽤 오래 친한 사람처럼 느껴진다는 거였다. 나는 이런 사이일수록 조심해야 한다는 사실을 몇 번의 미숙한 경험을 통해서 알고 있었다. 말이 입을 통과하기 전까지, 이게 정말 내 진심이 맞는지, 배려는 묻어 있는지 몇 번씩 생각했다. 그런 탓에 대답은 느리고 말하는 중간 많이 쉬어야 했지만, 알로하는 내가 입 밖으로 꺼낸 문장을 온전히 끝마치길 가만히 기다렸다. 나를 가만 보고 있는 알로하를 보고 있자니 묘한 사람이라는 생각이 더 커져갔다.

나는 알로하에게 호칭을 뭐라고 불러야 할지 물어봤다. 알로하가 나를 사장님이라고 부르니 나는 손님이라고 부르면 그만이었지만 왜인지 손님이라는 단어는 입에 붙지 않았다. 그래서 그동안 늘 주어를 생략하고 얘기했었다. 알로하는 자신의 본명은 김OO이지만 친한 사람들은 다 알로하라고 부른다고 했다. 편한 호칭으로 불러달라 했는데, 도저히 알로하라고는 부르지 못할 것 같았다. 그건 마치 내게 '아보카도나 아스파라거스라고 불러주세요.' 하는 것과 다르지 않았다. '알로하'는 너무 낯설었다. 그리고 나는 그런 이름을 가진 친구가 한 명도 없었다. 심지어 내가 알고 있는 사람 중에 알씨는 알라딘밖에 없었을뿐더러 그마저도 실제로 만나본 적은 없었다.

우리는 서로에게 궁금한 것들을 물어보며 대화를 계속 이어갔는데, 나는 알로하가 이 동네에 이사 온 지 얼마 되지 않았다는 사실을 알게 되었다. 굳이 왜 이 동네로 이사 왔는지 물어보려다 알로하가 먼저 가 볼 만한 곳을 알려달라기에 부암동을 얘기했다. 알로하는 근처 맛집이나 카페를 물어본 거였는데 내가 부암동을 얘기해서 놀랐다고 했다. 자신이 이 동네로 온 이유가 부암동을 한 번에 가는 버스가 있어서라고 했다. 부암동은 집값이 비싸서 가지 못했다고도 했다. 내가 예전부터 부암동에 살고 싶었지만 살지 못하는 이유와 같았다. 알로하가 책에 대해 관심이 많은 것과 대화를 차분히 이어 나가는 방식도 마음에 들었다. 이야기를 할수록 묘한 느낌이 드는 게 참으로 '기묘한 이야기'였다. 내가 만약 카페 사장이 아니었다면 알로하에게 '혹시, 넷플릭스 보고 갈래요?'하고 물어봤을지도 모르겠다. 그날 알로하와 나는 마감 시간까지 대화를 하고 함께 카페를 나왔다.

그 이후로도 알로하는 카페에 몇 번 더 왔는데, 이제 나는 알로하를 기다리는 게 일상의 즐거움으로 느껴졌다. 그리고 그런 내 모습이 썩 마음에 들었다.

알로하는 대화할 때 "기분이 어땠어요?"라는 말을 많이 하는 사람이었다. 내가 어떤 것에 대해 이야기를 하면 알로하는 그것에 대한 내 기분을 궁금해했다. 나는 싸울 때 말고 사람한테 이런 식으로 기분이 어떠냐는 질문을 한 기억이 거의 없었다. 보통은 상대방이 무슨 이야기를 하면 당시 그 사람이 느꼈을 감정에 몰입해 "재밌었겠네요.", "힘들었겠다."라는 식으로 공감한다. 그런데 알로하는 "그때 사장님은 기분이 어땠어요?"라고 물어볼 뿐이었다. 그래서인지 이런 식의 질문을 하는 알로하가 조금은 생뚱 맞다고 느꼈다. 그러나 나는 알로하의 질문에 대답하기 위해 당시 내 기분을 생각하다가 '알로하는 스스로에 대해 많이 생각해 본 사람이구나.' 하는 생각이 문득 들었다.

그러니까, 내 기분의 정체를 어렴풋이 느끼고만 있는 것과 그걸 문장으로 만들어 소리 내보는 일은 또 다른 일 이었기 때문이다. 입 밖으로 나온 내 기분은 단순한 슬픔 이 아니라 많이 슬프지만 조금은 설렌 거였고, 행복이라 생각한 일에도 슬픔과 상실감이 귀퉁이에 섞여 있었다. 그 리고 그런 기분이야말로 스스로가 제일 잘 알 수 있는 것 이었다. 알로하는 내게 그걸 알려주려는 것 같았다.

나는 언젠가 알로하에게 '나랑 대화할 때 기분이 어땠 어요?' 물어봐야지 생각했다.

"저 오늘 저녁에 부들이랑 산책할 건데 괜찮으시면 같이 산책하실래요?"

알로하에게서 인스타그램 메시지가 왔다.

카 페 의

역 사

I

2

"오늘 내 하루를 잘 보내는 것.

어떤 일이 일어나지 않아도
좋아하는 일을 계속해 나가는 것.

이제는 그런 것들에 능숙한 사람이 되었다."

커피 맛을 알아버린 스물두 살. 카페 창업이라는 막연한 바람은 카페 알바를 하면서부터 판타지가 아닌 언젠가 이뤄내고 싶은 목표가 되었다. 그리고 8년 후, 서른이 되는 해에 카페를 차렸다. 조용한 동네 골목에 있던 자그마한 공간을 내가 좋아하는 것들로 채워 넣었다.

다행히 한샘에서 욕실 시공 기사로 일하며 배운 기술 덕분에 인테리어를 혼자 할 수 있었다. 욕실을 도맡아 공사하려면 전기, 수도, 배관, 타일, 미장, 방수, 기구 설치 등 집을 만드는 데에 필요한 일련의 과정들을 두루 알아야 했는데 이러한 것들이 카페를 차리는 데 큰 도움이 됐다. 중학교 때 기술 선생님은 "기술이 중요해. 기술이 없으면 나라가 안 돌아가", 가정 선생님은 "가정이 중요해. 가정이 없으면 나라도 필요 없어"라며 만나면 다투셨는데 왠지 그때만큼은 기술 선생님의 손을 들어드리고 싶은 기분이었다.

'이 글을 가정 선생님이 보지 않으셔야 할 텐데, 두 분다 못 보시려나.'

한샘 형들은 내가 혼자 인테리어를 한다고 하니 카페가 화장실처럼 생긴 건 아닐지 걱정을 해주다가 이내 같이 의견을 내줬다. 참 고마운 형들이었다. 우리의 강점은 욕실용품을 쉽고 싸게 구할 수 있다는 점이니까 천편일률적인 카페 의자 대신 변기를 의자로 사용하자는 의견이 모아졌다. 참 고마운 형들이었다. 나는 언젠가 그들이 카페 비슷한 거라도 차린다면, 아니 집들이 선물로라도 꼭 변기를 의자로써 선물해야겠다고 생각했다. 분명 크게 기뻐할 것이라 믿어 의심치 않는다…….

인생이란, 연관성을 찾을 수 없는 우연 같은 일들이 세월을 먹고 자라 개연성을 갖게 되는 과정인 것일까. 그저 돈을 벌다 마주친 이 사람들은 대체 어떤 마음을 주고받았기에 이토록 친해져서 돈 버는 시간도 뒤로 한 채 한낱 변기 얘기로 떠들고 있던 걸까. 내가 처음 카페 알바를 할 때 결국 카페를 차리게 될 거라는 생각을 했을까. 나는 앞으로 어떤 우연을 만나고 또 어떤 개연을 가지게 될까.

스물두 살의 내가 처음 카페 알바를 한 곳은 부암동에 있는 초콜릿 카페였다. 내가 사는 동네에서 버스를 타고 20분 정도 가면 부암동에 도착할 수 있었는데, 나는 내 마음에 드는 동네를 발견한 것과 그곳에서 일하게 된 걸 온 맘 가득 기쁘게 여겼다. 편의점 야간 알바를 하다가 내 얼굴에 딸기 우유를 뿌린 진상 손님을 겪은 직후인지라 커피를 뿌리는 카페 손님을 상상하기도 했지만 어쩐지 딸기 우유보다는 입맛에 맞을 것 같았다.

카페 사장님은 교직원으로 일하던 시절에 손님으로 이 카페를 자주 들렀었고, 친해진 전 사장님의 권유로 카페를 인수하게 되면서 퇴사했다고 하셨다. 동네의 한적함과 그곳에 터를 잡은 사장님의 일상이 근사해 보였다. 그 이면에 있는 불안까지 공감하기에 당시의 나는 해맑았다. 많은 청춘이 그러하듯 나 역시 해맑은지 몰랐지만 해맑았다.

해맑음과 열정을 잔뜩 품고 일하기 시작한 초콜릿 카
페에는 손님이 오지 않았다. 거리에 사람 자체가 드물었
다. 간혹 들어오는 손님들도 길을 착각해 우연히 들어오는
경우가 많았다. 2시간 알바로서 나의 역할은 열정적으로
손님을 기다리며 사장님과 커피를 마시다가 거의 없는 손
님을 아쉬워하며 해맑게 퇴근하는 일이었다. 해맑은 나를
보며 사장님은 오히려 내게 미안하다고 종종 말씀하셨는
데, 나는 이 말이 얼마나 다정하고 하기 어려운 말인 건지
이제는 잘 알고 있다.

우유와 고급 초콜릿을 냄비에 함께 넣고 끓여 내는 초
코 우유는 사장님의 자랑이었다. 손님이 주문을 하면 사
장님은 가스 불을 켜고 음료를 만들기 시작한다. 그럼 나
는 디저트를 준비하거나 서빙에 필요한 세팅을 미리 해둔
다. 서빙까지 통상 5분 정도 걸렸지만, 음료를 만드는 도중
손님이라도 들어오는 경우엔 조금 더 걸렸다. 음료 4잔을

서빙하는데 15분 정도가 걸리기도 했다. 그럴 때면 초조해하던 나에 비해 사장님은 여유로워 보였는데, 아마 그때 나는 카페에서 일하는 사람은 초조함 대신 유유함과 고상함 같은 것들을 내포해야 한다고 배웠던 것 같다.

나는 내가 처음으로 속한 카페의 번창을 바랐지만, 사장님은 철저한 낭만주의자였다. 그렇지 않다면 좋은 직장을 그만두고 사람 없는 거리의 카페를 인수하지도 않았겠지. 낭만적인 사람들은 다들 왜 이렇게 바보 같을까. 그리고 나는 왜 그런 사람들이 좋은 것일까. 성공보다 성숙을 선택한 사람들. 어쩌면 사장님은 초코 우유의 숙성으로 성숙한 카페 문화를 만들고자 한 건 아니었을까.

두 번째로 일한 카페는 '달콤커피'라는 프랜차이즈 카페였다. 나는 군 전역 후, 음악을 하겠다는 생각으로 대학도 휴학하고 최소한의 알바만 하며 거의 모든 시간을 음악에 투자하고 있었다. 엄마와 둘이 살고 있을 때였는데 월세와 집에 들어가는 일체의 생활비를 엄마가 냈고, 나는 그저 내 몫의 생활비와 음악 학원비를 벌며 지내고 있었다.

보이지 않는 미래와 항상 빠듯했던 생활비를 제외한다면 그래도 괜찮은 생활이라 여겼다. 내게는 언제든 부르면 나오는 동네 친구들이 있었고, 음악을 하며 만난 동료들이 있었고, 무엇보다 음악을 하고 있는 내 모습이 너무 좋았다. 가끔은 내가 마치 음악을 하기 위해 태어난 사람 같다는 생각이 들기도 했다. 나는 앞으로도 내 앞가림만 잘한다면 문제없는 삶을 살 거라 생각했다.

그러나 불행은 별생각 없이 출근길 만원 버스에 올랐을 때 찾아오는 급똥 신호처럼 다가온다. 여느 날과 다를 것 없이 학원에 나가 연습을 하고 있던 날, 엄마가 일하다 쓰러졌다는 전화를 받았다. 스물세 살이 된 나에게 찾아온 작은 시련이었다. 엄마의 병원비와 월세와 생활비가 내 몫이 된 덕에 나는 카페 알바가 아니라 풀타임 직원으로 승진을 하게 되었다. 학원을 그만뒀고, 날 예뻐하던 시우형과 준비 중인 밴드를 도망치듯 탈퇴했고, 친구들이 부르는 게 싫어 연락을 끊어버렸다. 음악도 친구도 엄마도 본인도, 그 시절의 나는 어느 것 하나 제대로 돌보지를 못했다.

나는 그 이후로도 실수를 거듭하면서 음악과 내 삶의 균형을 맞추는 법을 천천히 배웠다. 삶이 위태로울 때는 음악을 멀리하고 돈을 벌었으며, 여유가 생기면 음악과 다시 가까이 지내다 몇 번씩이나 삶을 위태롭게 만들었다. 욕망을 주체 못 해 삶의 균형을 자주 잃었고, 몇 번의 상처를 주고받고 하다 보니 서른이 되어 있었다.

세상이 인정하는 성과는 딱히 없었다. 다만 오래도록 불안한 상태를 버텨낸 것에 대한 성과는 있었다. 하루하루의 절실함을 먹고 자란 나에 대한 괜찮은 변수였다. 이를테면 그때의 나는 음악을 하지 않고는 살 수 없을 것 같은 사람이었는데, 지금의 나는 어디서든 잘 살 것 같은 사람이 되어버렸다는 것이다.

오늘 내 하루를 잘 보내는 것. 어떤 일이 일어나지 않아도 좋아하는 일을 계속해 나가는 것. 이제는 그런 것들에 능숙한 사람이 되었다.

카 페 의 역 사 II

3

"나는 사람이 사람을 위로하는 데 필요한
여유나 노련함, 자상함 같은 것들에도
많은 체력과 용기가 필요하다는 걸
한참이나 걸려 알게 되었다."

대전에 있는 룸 카페에서 잠깐 일한 적이 있다. 집 근처 (서울 은평구)에 생길 카페 오픈 멤버를 구한다는 말에 호기심이 들어 면접을 봤는데, 아직 공사 중이니 그전에 대전으로 내려가 2주 정도 교육을 받았으면 좋겠다는 제안을 받았다. 숙식을 지원해 주는 대신 테스트 기간이라며 돈은 조금만 주는 조건이었다. 최저시급이 안 되는 돈이었지만 나는 연고도 없는 대전에 내려가 낯설 시간 없이 일을 배웠다.

룸 카페의 특성상 손님이 오면 방으로 안내를 해줘야 했고, 일한 지 일주일쯤 됐을 무렵 내가 안내를 맡게 되었다. 그리고 그날 그만뒀다. 손님을 안내할 때 재떨이를 함께 챙겨주라는 것이었다.

* 자세히 보아야 예쁘지만 미성년자 같거나,
오래 보아야 사랑스럽지만 미성년자 같은 손님에게도 마찬가지였다.
여기서 일하는 이상 너도 그렇고 나도 그래야 했다.

나는 그렇게는 못 할 것 같았다. 미성년자가 담배를 피우는 것과 담배를 피울 수 있게 어른들이 도와주는 건 다른 얘기였다. 사장님에게 이야기하니 어차피 어디선가 담배를 피울 텐데 못 하게 하면 아이들이 더 음지로 숨어들지 않겠냐는 말과, 룸 안에서 재떨이 없이 담뱃재를 털다가 화재라도 나면 어떡하겠냐는 말을 들었다. 무게감 있던 사장님의 말을 들으며 '무슨 개소리를 이렇게 젠틀하게 하나' 생각했다. 사장님 입장에서 보면 이해 가지 않는 말은 아니었지만 내가 그 역할을 하고 싶지는 않았고 또, 그렇게 돈을 벌고 싶지는 않았다.

사장님은 그렇다면 함께 일할 수 없겠다는 뜻을 전하며, 이제 곧 서울로 올라가 다시 볼 일 없는 내게 자신이 젊은 시절 향유한 고고했던 가치관들에 대하여 이야기해 주었다. 그리고 여러 번, 사람이 너무 곧게 있으면 부러진다는 말을 했다.

'사람이 너무 곧게 있으면 부러진다'

그 이후로도 나는 종종 이 말을 떠올렸다. 나는 몇 번이나 부러졌을까. 부러진 곳이 잘 붙어는 있을까.

힘 빼는 법을 몰랐던 20대 시절, 나는 나를 해할 것 같은 것들에 대해 더 힘을 주곤 했다. 뉴스에서 어떤 사건들을 접하게 될 때면 군대에서 겪었던 일이 생각나 그런 일에 당최 힘을 뺄 수가 없었다. 힘을 빼면 나의 나약함과 한심함이 드러나진 않을까 걱정도 했는데, 나의 사랑하는 사람들은 그저 긴 세월 내 옆에 있어 준 것으로 내게 나약하고 한심해도 괜찮다고 이야기해 주었다. 그렇지만 나는 이토록 따스한 나의 사람들이 자주 손해 보고 상처 입는 모습을 보며 세상에 화가 났다. 그럴수록 그들의 몫까지 더 힘주어 살아가야 한다고 생각했다. 경직되고 웃음기 사라져 가는 내 모습을 보며 나의 사람들은 속상해했는데, 나는 그들의 그런 모습이 속상했다. 그땐 그들을 위로해 줄 방법을 몰랐다.

나는 사람이 사람을 위로하는 데 필요한 여유나 노련함, 자상함 같은 것들에도 많은 체력과 용기가 필요하다는 걸 한참이나 걸려 알게 되었다.

네 번째로 일한 카페 'Thanks Coffee'는 어느 곳보다 평온하게 일했던 곳이다. 내 인생에 아무 일도 일어나지 않은 시기이기도 하다. 사장님과 둘이 함께 일하는 작은 규모의 개인 카페였는데 그곳에서 나는 노동자가 아니었다. 사장님은 이따금 내가 그날 그곳에서 번 돈만큼의 밥을 사주기도 했고, 정말 축하해 줄 것 같은 사람이 해줬으면 좋겠다며 나에게 결혼식 축가를 부탁하기도 했다. 나는 그런 사장님에게 권위가 아니라 비슷하게 흔들리고 고민하는 사람과의 어떤 연대감 같은 걸 느꼈다. 그때나 지금이나 나는 권위보다는 연대감이 더 우월하다고 생각하는데, 그건 아직 내가 권위에 눌려보기만 하고, 누려보지는 못한 까닭일지 모른다.

결혼과 함께 가게를 넘긴 사장님은 다른 나라로 긴 여행을 갔고 나는 다른 카페로 갔다. 그리고 5년이 지난 후 한샘에서 일을 하던 나는 그간 몇 번의 사장이 바뀐 'Thanks coffee'에 방문했고, 그곳에 있던 새로운 사장님은 맨 처음 카페 사장님이 만들어 놓은 음료 쿠폰에 대한 불만을 토로하고 있었다. 쿠폰에 도장을 10번 찍으면 어떤 음료든 무료로 주는 탓에 손해가 크다는 이야기였다. 아마 내가 전날 잠을 조금만 덜 잔 상태로 그 이야기를 들었다면 "제가 여기서 일해봐서 아는데, 저 때는 말이에요" 하는 제왕적 꼰대 솔루션을 제시했을지도 모르겠다.

한샘 본사가 상암동으로 옮겨진 탓에 들르게 된 'Thanks coffee'의 커피는 여전히 맛있었고, 내가 보고 싶어 하는 사람들은 없었지만 추억은 남아 있었기에 장소가 주는 여운은 아늑했다.

'Thanks coffee' 이후에 들어간 곳은 홍대에 있는 디저트 카페였다. 스물다섯 살 때였다. 그즈음부터 내게는 버릇이 하나 생겼는데, 그건 처음 본 사람들과 대화할 때면 내가 음악을 한다는 걸 꼭 얘기하는 것이었다. 그 얘기를 하고 나면 사람들은 나에 대한 어떤 궁금증이 풀린 것처럼 반응하곤 했다. 어느 어른들은 대학을 졸업하지 않고 카페에서 일하는 나를 한심한 녀석에서 패기 넘치고 세상모르는 청춘쯤으로 고쳐 생각해 주는 듯했다. 나는 내가 세상을 모른다고 생각하지는 않았지만 사람들의 그런 시선이 썩 나쁘지 않았다.

여담이지만 그 버릇은 이후에 직장 생활을 하게 되면서 고쳐졌다. 자고로 버릇이란 누군가에게 지적받거나 스스로 창피해하는 시간이 장기간 지속되다 보면 웬만큼 고쳐지기 마련이다. 아마 내가 지금도 음악 한다는 얘기만 계속하고 다닌다면 친한 사람들은 날 패기 넘치는 청춘이 아니라 그냥 패기로 작정할 것이다.

당시 나는 세상에 존재하는 수많은 좋은 책들을 한시라도 빨리 내 머릿속에 집어넣고 싶은 욕구와 내 음악을 만들어 세상에 내놓고 싶은 욕구가 강한 사람이었다. 어떤 일에도 흔들리지 않는 단단한 사람이 되고 싶어 해병대에 다녀왔지만 작은 말 한마디에도 흔들렸고, 언젠가 또 큰돈이 필요할 수 있다는 생각은 항상 마음 한편에 초조함을 갖게 만들었다.

(그때까지만 해도 나는 돈을 많이 벌자는 생각보다 돈에 휘둘리지 않는 사람이 되자는 생각이 더 컸다. 그게 불가능에 가까운 일이라는 건 엄마가 한 번 더 쓰러지고 나서 깨달았다.)

내가 도망치듯 탈퇴한 밴드는 데뷔를 한 뒤 홍대 클럽에서 거의 매주 공연을 했는데 나는 홍대에 있는 카페에서 거의 매일 일을 했다. 누가 비교한 것도 아닌데 괜히 혼자 자격지심을 느꼈다가, 관객 없는 공연을 매주 버텨내고 있는 밴드 휴이의 멤버들에게 애틋한 마음을 느끼기도 했다. 몰래 공연을 보러 갈까 생각도 했지만 그것보단 나도 빨리 음악을 만들어 들려주고 싶었다.

그래서 그런 건지 아직 해병대 정신이 남아있던 건지 나는 10시간 카페 근무 중 주어지는 1시간 쉬는 시간에 밥을 먹는 대신 서점에 달려가 책을 읽었다. 대부분의 밥은 출근하기 전이나, 배고픔을 참았다가 퇴근 후 집에서 먹었다. 그랬어도 지금의 나보다는 스물다섯의 내가 훨씬 건강했다. 일이 끝나면 집에 가서 음악 작업을 했고, 쉬는 날에는 미디 레슨을 들으러 다녔다. 내가 낼 수 있는 시간을 거의 음악 만드는 일에 썼는데도 나의 음악은 늘 아쉽게 들렸고, 그 탓에 시간은 항상 부족했다.

나는 시간에 압박감을 느끼며 형체 없는 무언가에 쫓기듯 자기 발전을 갈구했는데, 한편으로 생각해 보면 자기 발전이 아니라 자기 착취였다. 나의 청춘을 착취한 것이다. 누리고 즐겨도 모자랄 청춘을 누르고 비틀어 꾸역꾸역 성과만 짜내려 했고, 그 탓에 밖으로 삐져나온 얼마간의 성과로 자위하며 주변 사람들에게 나를 포장했다. 어떤 일을 함에 있어 들인 감정만큼 꼭 일이 잘 되는 것도 아닌데 내가 쏟은 감정과 비례한 성과를 내고 싶어 했다. 그러나 성과는 감정에 비해 옹색하게만 느껴졌고, 결국 나는 형태라도 유지하기 위해 질소를 채워 넣어 포장한 성과자가 되어갔다.

청춘을 착취하며 만족스럽지 못한 음악을 만들어 낸 나는 심지어 이상마저 높은 사람이었다. 음원 발매를 위해서 후반 작업(믹싱, 마스터링)을 맡아줄 사람이 필요했는데, 이왕이면 돈을 더 들이더라도 내가 좋아하는 뮤지션들의 작업을 해 온 사람에게 부탁하고 싶었다. 그러려고 열심히 일한 것이기도 했다. 사람들이 패기 넘치는 청춘으로 생각해 준 탓이었을지도 모른다. 나는 인터넷을 뒤져 윤종신 님, 이승환 님, 토이의 앨범을 믹싱한 엔지니어 분의 연락처를 알아냈다. 녹음실 주소를 알아내서 손 편지를 보낼 생각이었는데 전화번호를 알게 돼, 미리 써둔 손 편지를 사진 찍어 문자로 전송했다. 그리고 몇 분 지나지 않아 상냥한 답장과 함께 작업 승낙을 받았고 구체적인 이야기는 만나서 하기로 했다. 카페에 손님 없이 혼자 있을 때였는데, 텅 빈 공간에서 혼자 기뻐했던 그 기억은 아직도 인상적으로 남아있다. 내 인생 그렇게 들떠본 적이 있을까 싶을 정도로 당시 나에게 큰 사건이었다. 유명한 사람과 작업할 생각을 하니 당장이라도 나를 둘러싼 세상이 변할 것 같은 기분이었다. 화장을 하면 몰라보게 달라지는 내 여자 사람 친구들처럼 서툰 내 음악도 그분의 손을 거치면 드라마틱하게 달라질 거라고 생각했다.

나는 들뜬 마음을 가라앉히지 못한 상태로 카페 마감 청소를 하는 내내 음악 생각만 했다. 엔지니어분을 만나러 가기 전까지 어떻게든 볼품없는 편곡을 더 손봐야 할 것 같았다. 그래서인지 나는 그다음 날 바로 카페 사장님에게 일을 그만둬야겠다는 말을 했다. 충분한 시간과 함께 이해를 구했어야 했는데 그러질 못했다. 사장님에 대한 감정이 좋지 않은 것도 한몫을 했다.

사장님은 돈이 많은 사람이었다. 집안의 재력과 과거에 했던 나이트클럽 사업과 자신이 만났던 재벌가 여자 친구 얘기를 자주 했고, 유명 연예인과의 친분을 자랑하며 통화하는 모습을 보여주기도 했다. 당시 카페가 오픈한 지 몇 달 안 됐었고, 매출이 10만 원도 넘지 못하는 날이 많았는데 사장님은 백화점 입점을 할 수도 있다고 얘기했다. 그리고 정말로 몇 달 후에 목동 현대 백화점에 입점을 했다. 그 탓에 나는 홍대 본점에서 목동 현대 백화점으로 옮겨갔다가 다시 또 홍대로 돌아오는 적응하기 어려운 날들을 보냈고, 그 과정 속에 생겨난 불만과 쌓인 피로감만큼 사장님에 대한 감정도 좋지 않았었다. 그렇게 그만둬도 될 만한 곳이었다고 얘기해도 상관없지만, 꼭 그 이유들이 아니었더라도 아마 나는 일을 그만뒀을 것이다. 그건 일을 관둬도 어떻게든 살아갈 수 있을 거란 대책 없는 확신을 가져버리고 마는 나의 근본적 무모함 때문이다.

나는 사장님에게 솔직히 말하고 적당히 끝나는 상황을 상상했었지만 대화는 서로의 일방적인 요구뿐이었다. 그만두겠다는 나의 입장과 더 일하라는 사장님의 입장이 좁혀지지 않았다. 내가 영업에 피해가 가지 않도록 제안한 대안들도 사장님은 언짢은 것 같았다. 대화를 하면서 서로 감정이 상해감을 느낄 수 있었다. 좋게 풀어갈 마음이 없었던 것은 아니었는데, 권위적인 사장님의 모습을 보고 있자니 알 수 없는 반발심이 일었다. 사장님 역시 논리적인 대화를 이어 나갈 생각은 없어 보였다. 그동안 서로가 상대방을 더 배려했다고 생각한 결과인지도 모르겠다.

나와 사장님은 영업이 끝나고 불 꺼진 매장에서 밖에 있는 가로등 불 하나를 조명 삼아 대화 중이었다. 대뜸 나에게 엔지니어분의 이름을 물어본 사장님은 본인이 가진 인맥을 통해서 엔지니어분에게 나 같은 사람이랑 작업하지 말라고 이야기한다 했고, 나아가 과거에 자신을 신고했던 직원과 겪었던 소송에 대한 이야기도 했다. 협박이었다. 내 안에 있는 무언가가 묵직하게 내려앉는 느낌이었는데, 아무래도 뭔가 대단히 잘못된 것 같았다. 상황을 판단하기 전에 덜컥 겁부터 났다.

　나는 무릎을 꿇고 사장님에게 죄송하다고 말하며 그러지 말아 달라 부탁했다. 노련한 사장님은 내게 똑같이 무릎을 꿇으며 자신도 미안하다고 이야기했는데, 그건 사과로서의 '미안하다'가 아니라 '미안하지만 난 말할 것이다'라는 비아냥거림이었다. 겁이 나면서 화도 났지만 나는 사과만 했다. 계속되는 내 사과에 사장님은 "미안해요, 선욱 씨. 나도 어쩔 수 없어요"같은 부드러운 폭력의 말을 반복했는데, 그 와중에도 일을 관둘 생각을 고쳐먹지 않은 나도 대단히 고집스러운 사람이었던 건 확실하다.
　그때 그 가로등 조명 아래 어둡고 무거운 공기와 비아

냥거림은 이후로도 한참 생각이 났다. 누군가가 힘으로 내 인생을 헤집어 놓을 수 있다는 걸 감각으로 느낀 일들 중 하나였다.

그러고 나서 나는 그 마지막 달의 임금을 체불 당했다. 160만 원 정도였다. 그 돈이면 치킨을 매일 한 마리씩 석 달은 사 먹을 수 있는 돈이었다. 사장님에게 전화를 하니 사장님은 나에게 노력해서 받아보라는 이야기를 했다. 많은 고민을 했다. 내가 그 돈을 받아내면 나에게 일어날 수 있는 일들에 대해 생각했다. 다행히 그날 나를 완전히 뒤덮었던 두려움이 사라지고 난 뒤 사장님에 대한 내 감정은 겁보다는 분노가 훨씬 많았다. 돈으로 싸우면 내가 질 게 뻔하지만 법으로 싸우면 내가 질 것 같지는 않았다(법도 돈으로 다뤄지곤 한다는 걸 그때는 지금만큼 체감하지 못했다).

며칠 후 나는 사장님에게 부여받은 미션을 해결하기 위해 노동청에 갔다. 노동청 정문 앞에서 마지막으로 전화를 걸어 월급을 줄 생각이 없는지 물었고, 사장님은 없다고 대답했다. 노동청 안으로 들어가 이야기를 하니 노동청 공무원은 사장님에게 전화를 걸어 사건 접수가 되기 전 월급을 주는 게 어떤지 권유했고, 5분 뒤 나의 월급은 입금됐다. 나는 '어쩌면 사장님은 노동청 공무원이 사건 접수가 되기 전 중재를 위해 전화한다는 걸 알았던 걸까' 생각했다.

엔지니어분을 만나러 가기 전날까지 나는 혹시라도 사장님이 안 좋은 이야기를 해 작업을 거절당하는 건 아닌지 걱정했다. 다행히 작업 마지막 날까지 그런 일은 없었다. 그분은 명성에 걸맞게 한결같이 친절했고 훌륭한 실력이었다. 내가 왜 이렇게 잘해주는지 물어보니 그분은 '카페 일을 해서 번 돈으로 나랑 작업하려고 찾아온 게 신기하고 대단해서, 그리고 이 문을 열고 들어오기까지가 얼마나 힘든 일인지 알고 있어서'라고 했다. 기분 좋은 말이었다. 그렇지만 역시 제일 기분 좋았던 건 그분이 내 노래가 좋다고 칭찬해 준 거였다. 그날은 정말로 내가 프로가 된 것만 같았다.

얼마 후 나는 대한민국 최고 엔지니어의 손을 거쳐 완성된 내 음악을 들었고, 아쉬움이 들었다. 사운드는 누가 뭐래도 나무랄 데 없었다. 문제가 있었다면 나의 편곡 실력과 스튜디오 보컬 녹음 때 걸린 코감기였다.

그렇게 완성된 세 곡의 음악을 발매하고 나의 첫 싱글 활동은 끝이 났다.

어떤 뮤지션들이 음악을 내고 활동을 시작한다면, 나나 내 주변의 뮤지션들은 음악을 냄과 동시에 끝이 난다. 활동이랄 게 딱히 없다. 활동이 있다면 그건 생계 활동일 것이다. 나는 다시 왕성한 생계 활동을 이어가야만 했고, 이왕이면 즐겁게 돈을 벌어봐야겠다고 생각했다. 스물다섯 청춘의 싹수없거나 대책 없이 패기 넘치는 생각이었다.

'*' 부분은 나태주 시인의 '풀꽃'을 패러디하였습니다.

소설책을 선물로 고르지 않는 이유

4

"누군가의 이야기를 누군가에게 선물하며
나의 이야기에 대해 생각한다.

세상에는 이미 좋은 이야기가 널려 있으니까
굳이 내 이야기까지 의미 좋을 필요는 없겠다."

＊

합정동이나 종로에서 약속이 잡힐 때면 굳이 일찍 출발해 근처 대형서점을 들른다. 그러고선 더 굳이, 소설 코너에 가서 사지도 않을 책을 제철 과일처럼 구경하다 이내 에세이 코너로 발걸음을 옮겨 친구에게 선물할 책을 고른다.

소설책을 선물로 고르지 않는 이유는

1. 선물 받을 친구가 그 책을 다 읽지 않을 거라고 확신할뿐더러,

2. 친구가 어떠한 결심으로 책을 펴 꾸역꾸역 읽어나가

다 갑자기 기지개를 켠 뒤 "롤이나 한판 할까?" 하며 컴퓨터를 켜는 모습을 미래에서 보고 왔기 때문이다.

나 또한 소설책을 집어 읽는 일 자체가 부담으로 느껴질 때가 많은데, 이야기를 받아들일 방이 무언가로 잔뜩 어지럽혀져 있을 때 그렇다. '내 이야기도 풀리지 않는데 남의 이야기에(더군다나 허구 따위) 관심을 가져서 뭐 해?'라는 식의 태도이거나, 풀릴 리 없는 내 피로 탓에 어느 소설가가 혼신의 힘을 다해 완성한 서사는 도무지 부담스러워 끝까지 읽어낼 자신이 없다.

그런 상태의 내가 누군가한테 소설책을 읽으라며 선물하는 건, '나는 이렇게 좋은 책을 읽은 사람이야'하는 자기 자랑을 작가의 네임드와 함께 포장해 건네주는 일이다. 『데미안』을 선물하자니 꽤 미안하고, 『브람스를 좋아하세요?』 물어볼 바에 감바스나 먹으러 가자 할 것 같다. 『동물농장』은 일요일 오전 9시에 하는 짜파게티 같은 TV 프로그램일 뿐이다. 막내 작가 이름이 조지 오웰이던가.

여하튼 그런 탓인지 에세이는 소설보다 서로에게 많이 오가고 쉽게 손에 잡히는 것 같다. 나는 내 돈을 주고 떡볶이를 사 먹지는 않지만 떡볶이를 좋아하는 친구들을 꽤 많이 알고 있고, 어떤 인생을 살았는지는 모르지만 대책 없이 따뜻해 보이는 친구에게 내 지갑을 열기도 한다.

누군가의 이야기를 누군가에게 선물하며 나의 이야기에 대해 생각한다.

세상에는 이미 좋은 이야기가 널려 있으니까 굳이 내 이야기까지 의미 좋을 필요는 없겠다.

그럼에도 왜인지 친구를 내가 사는 동네로 부르려다 중간쯤인 합정동이 좋겠다고 이야기했다.

저가

커피

전문가

"드디어 이 건조한 일터에서 일하는 우리를 구해줄
진짜가 나타났다고 생각했다.

실수야 어찌 됐든
하루에 1,000잔가량을 판매하던 사내 카페에서
웃음은 그 무엇보다 소중했기 때문이다."

내 친구 P는 우리 동네 저가 커피 전문가다. 그가 커피를 선택하는 기준은 경제적이고 명료하다.

우선, 그는 커피란 자고로 싸고 양이 많아야 한다는 철학을 가지고 있다. 2,000원이 넘어가는 커피는 취급하지 않으며, 그 이상의 커피는 남이 사줄 때나 기프티콘이 생겼을 때만 마실 수 있는 특별한 것이다. 그러나 의외로 섬세한 입맛을 가진(척을 하는) 그는 빽다방과 메가커피도 지점마다 맛이 달라 어느 지점으로 갈까 고민을 한다고 한다. 요즘엔 메가커피 신응암시장점을 가장 선호한다는데, 이유를 물어보니 집에서 가까워서란다. 묘하게 앞뒤

맥락이 다른 대답을 한 그는 이어 자신의 커피 본고장인 을지로 입구 지하상가에 대한 이야기도 들려주었다.

을지로 입구 지하상가의 대표적 저가 커피 전문점은 RB 커피, 모노 치즈, 아리스타가 있으며 가격은 1,500원대로 비슷하지만 그는 모노 치즈를 가장 자주 간다고 했다. 그 요인으로 열다섯 번 마시면 한 잔 무료로 주는 쿠폰 제도를 꼽았다. 맛이 어떠냐는 질문에는 '고소하니 딱 좋다'라는 저가 커피 전문가다운 평도 해주었다. 아리스타는 한시적 할인으로 1,500원에 제공되는 점임을 참고해 달라는 세심함도 엿보였다. 그에게 을지로 입구 지하상가는 단순히 직장으로 향하는 길목이 아니라 커피의 고장이자 핫플레이스였다. '을지로가 핫한 건 알고 있냐', '힙지로라는 말 들어봤냐'라고 자랑하듯 말하는 그에게 내가 거기가 힙지로가 아니라고 아무리 말해줘도 소용이 없었다. 나는 그저 그가 데이트할 때만큼은 제발 그곳을 가지 않길 염원할 뿐이었다.

"페이스북에 마크 저커버그가 있다면 응암동에는 마크 저커전(저가 커피 전문가)이 있다"라고 말하는 그의 자부심은 기본적으로 해박한 지식에서 비롯됐다. 그는 저가 커피에 한해서는 눈 감고 마셔도 어디 커피인지 알아맞힌다는 자신감을 내비쳤는데, 내 생각에는 보리차를 조금만 진하게 우려 가져다줘도 베트남 로부스타와 헷갈릴 것 같다. 이렇듯 남다른 그의 커피 세계는 우리가 스물다섯 살에 함께 일했던, 대기업 사원들의 복지를 위해 운영하는 사내 카페에서 태동되었다.

"아니! 초콜릿은 검은색, 캐러멜은 갈색이라니까?"

그는 초콜릿 소스와 캐러멜 소스를 구분 못 해 음료를 잘못 만들기 일쑤였다. 카페 일을 처음 해보는 그는 바보 같았다. 원래도 바보인 걸 알고는 있었지만 그곳에선 더 뿌리 깊은 바보 같아 보였다. 손님이 구매한 병 음료를 마음대로 개봉해 굳이 빨대를 꽂아주는 몹쓸 친절함도 돋보였다.(자신이 어렸을 때 자주 가던 슈퍼의 할아버지는 바나나맛 우유를 사면 말없이 빨대를 꽂아줬다며 변명을 했다.) 그는 계산도 느린 탓에 손님의 거스름돈을 곧바로 주지 못하고 음료가 나갈 때 함께 돌려주곤 했다. 또 그가 만든 딸기 바나나 주스에서는 토마토 주스의 맛이 났고, 손님을 부르는 그의 목에서는 삑사리가 자주 났다. 재고 관리를 선입선출법으로 하라고 알려주던 중에는 그가 내 이름인 '선욱'에서 따와 만들어 '선욱선출법'인 거냐고 물어봤다. 마치 자신의 이름을 딴 기술을 만든 기계체조 금메달리스트 '양학선' 선수처럼 말이다. 그때 그는 정말로 진지한 표정이었다. 생각해 보면 언제나 그랬다. 그의 뇌는 인식의 장벽이 없는 편이었다. 초등학교 3학년 때부터 봐온 그는 시트콤에나 나올 법한 캐릭터를 한결같이 고수해 왔다. 나는 때론 부러 노력하지 않아도 사람들을 웃기는 재주를 타고난 그가 부럽기도 했다. 그렇다고 닮고 싶다는 뜻은 결코 아니다.

그의 기행에 놀라던 카페 직원들도 어느샌가 오늘은 그가 과연 어떤 신기한 행동을 보여줄까 기대하는 지경에 이르게 되었고, 그는 기대에 부응할 줄 아는 준비된 인재였다. 카페 직원들과 나는 드디어 이 정신없고 건조한 일터에서 일하는 우리를 구해줄 진짜가 나타났다고 생각했다. 그는 유희왕이었다. 아니, 타마코였다. 카페를 망치러 온 우리의 구원자식이었다. 실수야 어찌 됐든 하루에 1,000잔가량을 판매하던 사내 카페에서 웃음은 그 무엇보다 소중했기 때문이다. 나는 내가 즐겁게 일하기 위해 그를 카페에 데리고 들어온 것인데 '직원이 행복해야 손님도 행복하다'라는 명제를 증명해 내듯 사내 카페는 우리가 있을 때 오픈 이래 최고 매출을 달성하기도 했다. 그리고 숱한 타박에도 굴하지 않던 그는 그곳에서 온갖 영광과 민폐와 웃음을 담당하는 바리스타로 3년 가까이 일하며 가장 오래 일한 직원이 되었고, 서서히 저가 커피 전문가로서의 자부심을 가지기 시작했다.

P.S- 사원들의 복지를 위해 1,200원에 아메리카노를 제공하던 까닭에 회사원 아저씨들은 커피를 물처럼 마셔 댔는데, 맛으로 마신다기보다는 살려고 마시는 것 같아 보였다. 그런 의미에서 누군가 카페 이름을 '살마커피(살려고 마시는 커피)'로 짓는다면 또 하나의 유니콘 기업이 탄생할지도 모르겠다. 무신사도 '무진장 신발 사진 많은 곳'이라는 뜻이며 당근마켓도 '당신 근처의 마켓'이 아니던가.

*해당 글의 공개 여부에 관하여 당사자인 P에게 스타벅스 커피를 사주며 동의받았음을 밝힙니다.

한샘

바스

엔지니어

"세상과 나는 끊임없이 변화하고 있으며,
그것들을 입체적으로 바라볼 때
더 다채로운 선택을 할 수가 있었다.

예전이나 지금이나 내가 여전한 건
단지 누군가에게 영감을 주는 무언가를
만들어 내고 싶어 한다는 것이다."

사주를 봐줬던 아줌마의 말마따나 역마살이 낀 것인
지 나의 20대 시절은 연관성을 지을 수 없는 온갖 직업군
을 널뛰기하듯 무분별하게 겪어냈고, 그중 한샘에서 바스
엔지니어(Bath engineer)로 일했던 경험은 나에겐 질병에
가까웠다.

　　내가 이 일을 직업으로 선택했다는 사실을 조금 부정
하고 싶었고, 밥 먹듯이 날 말아먹으려는 사람들에게 먹히
지 않으려 많이 분노하거나 타협해야 했으며, 우울감이 밀
려올즈음엔 아직 현실 어딘가에 '퇴근'이라는 단어가 생존해

있다는 사실을 간신히 수용함으로써 안도감을 되찾았다.

한샘에서 일하는 하루하루가 내 윤리 의식과 직업정신의 테스트 날이었다.

65만큼 치열하고 35만큼 여유로웠던 제주살이를 끝낸 나는 다시 서울로 올라와 일자리를 구하고 있었다. 올라온 거리만큼 돈독도 잔뜩 올라 있었는데, 정말로 돈만 많이 준다면 가족 빼고 뭐든 다 갖다 팔아버릴 수 있을 것만 같았다. 제주살이는 계획을 이탈한 실패를 이루어냈고, 음악 한다는 놈이 음악으로 돈을 벌 재주가 없었으며, 내 스펙으로 다시 취직을 한들 월 300만 원 이상 주는 직장은 못 구할 터였다.

'300만 원을 준대도 400 아니 500만 원만큼 일해야겠지. 미친. 어차피 그럴 거면 500만 원 주는 일을 구하고 1,000만 원만큼 일하련다.'

이게 그 당시 나의 자본론이었다. 벌 수 있는 돈의 한도를 최대한 올리는 데 목적이 있었으므로 고생의 수위는 중요한 게 아니었다.

그러한 탓에 몸 쓰는 일을 하자는 결론이 도출되었는데, 기술을 배울 수 있으면 더 좋았다. 후보 하나는 로켓같이 빠른 배송을 하는 일이었고, 나머지 하나가 '한샘 바스 엔지니어'였다. 두 일을 놓고 저울질하던 중 "잘 버시는 분들은 한 달에 천만 원도 벌어요"라는 한샘 인사 담당자의 한마디에 꽂혀 나는 곧장 한샘 일을 한다고 했다.

그 순간만큼은 직업에 대한 어떠한 편견이나 선입견, 차별이 존재하지 않았다. 나에게 오롯이 천만 원만 존재할 뿐이었다. 아, 그리고 이름도 좀 있어 보였다.

'바스 엔지니어(Bath engineer)'

• 출근(부사수)

부사수(조수)로서의 첫날이었고, 내 사수된 사람이 일하는 모습을 지켜보며 중간중간 심부름만 했다. 때문에 내가 힘든 점은 없었다. 그래서 더 막막했던 것 같다. 지금 저 사람이 하는 일이 훗날 나의 일이니까. '나도 저렇게 할 수 있을까?' 그는 화장실 장인이었다.

사수는 평균 6개월 정도의 부사수 기간을 거친 뒤 시험을 통과하면 나갈 자격이 생기는데, 그러면 나도 부사수를 들이고 사수로서 일을 해내야 하는 것이었다.

힘든 일이었다. 내가 아는 일 중에 이것보다 더 힘든 일이 있을까 싶은 생각도 들었다. 하는 일은, 기존에 낡은 욕실을 뜯어내고 다시 새로 만든다. 근데 그걸 하루 만에 해내야 한다. 내가 친구들에게 이 얘기를 처음 했을 때 친구들은 "그게 가능해?"라고 질문했다. 충분히 가능한 일이었다. 사람들은 땅과 바다의 아주 깊은 곳에서는 이해하기 어려운 일들이 일어나고 있을지 모른다고 생각한다. 가보지 않았기 때문에 그런 것이다. 일단 그곳에 계속 있게 되면 그 일들은 더 이상 이해하기 어려운 일이 아니다. 달과 태양이 뜨고 지는 것처럼 그냥 일어나는 일. 즉, 일상이 된다.

하루에 가능한 일이지만, 하루에 끝내야 했으므로, 하루 종일 힘들어야 했다. 말이 좋아 '바스 엔지니어'지, 그냥 '욕실 기사', '화장실 기사'였다. '어 맞네. 바스 엔지니어가 화장실 기사네.' 싶었더랬다.

채용 담당자에게 일에 대한 설명을 들었을 때, 왜 한샘이라는 브랜드의 욕실 시공을 하는데 개인사업자로 일을 해야 하는 건지 의문이 들었다. 그러니까 다르게 말하면 한샘에서 욕실 시공 기사를 직원으로 운영하지 않는다는 소리였다. 여러 가지 이유가 있었지만 부사수로 나간 첫날에 이유 하나를 알아차렸다.

'아, 이 일. 존나게 다치겠구나.'

사수 형의 차를 얻어 타고 함께 퇴근하던 길은 늘 많은 대화가 오갔다. 일에 대한 얘기를 세 가지 정도로 요약하면 '힘들다', '돈 많이 번다', '다치지 말아라'였다. 나는 사수 형이 한 달 급여로 천만 원을 찍는 역사적인 모습을 지켜봤고, 그건 나한테 어떤 힘듦도 견뎌내게 만드는 원동력이었다. 그리고 무엇보다 다행이었던 건 사수 형은 내 성향을 잘 파악한 것 같았다. 보통 이쪽 일은 소위 '곤조'가 심하다. 하나를 배우기 위해서 열 번의 쌍욕을 들어야 하는 게 보편적인 교육 방침이다. 그런데 나는 형에게 욕을 들어본 적이 없다. 욕을 할 필요가 없었거나, 아마 내가 욕을 들으면 어떻게 반응할지 아는 사람 같아 보였다. 형은 일할 땐 프로페셔널했고 일이 끝나면 다정하고 재밌었다.

"다치지 말아라." 그날도 형은 나에게 말했다.

다치지 말걸. 나름 부사수 기간이 경과하며 일 좀 배웠다고 기술자가 된 기분이었다. 막막한 일이 만만한 일이 됐다. 누가 그랬었는데. 6·25 전쟁이 방심해서 일어난 거라고.

일이 끝나갈 무렵, 화물차 적재함에서 뛰어내리다 발이 걸려 그대로 땅바닥에 추락했다. 나는 머리가 부딪치는 걸 막기 위해 팔로 머리를 감쌌다. 팔이 잠깐 반대로 꺾였다 돌아오며 '빠각'하는 소리가 들렸고, 놀란 사수 형이 달려와 내 등짝을 마구 때렸다. 형이 때린 등과 팔이 동시에 아팠다. 나는 30분 정도를 더 일하다 팔이 보라색으로 물드는 걸 발견하고서야 'GG'를 치고 병원에 갔는데, 한 달을 내리 쉬게 되었다.

한샘 형들이 흔히 하는 말 중에 '(노)가다 꾼 스타일'이라는 표현이 있다. 거칠고 야생성이 강한 사람이 이쪽 일에 어울린다는 뜻으로 쓰는 말이다. 가다 꾼 스타일의 형들 기준에서 나는 선비 같은 이미지였다. 그래서인지 그때 다들 내가 그만둘 거라 생각했다고 한다. '부사수 10명 중에 8명 정도는 그만둔다'라는 이야기를 사수가 된 후에 들을 수 있었다. 힘들어서 그만두고, 겁나서 그만두고, 다쳐서 그만두고, 빡쳐서 그만둔다.

나는 애석하게도 힘든 건 돈이 보상해 줄 거라 생각했고, 겁보단 용기가 좀 더 많았고, 다친 건 존나 아팠지만 참았고, 빡친 건 내 그릇 탓이니까 그것도 참았다. 그리고 나는 원래부터 그런 환경에 꽤 익숙했다.

한 달 뒤, 사람들의 예상을 깨고 다시 복귀했을 때부터 한샘 형들은 나를 또라이, 미친놈, 변태 등으로 불러주기 시작했다. 나는 그 말들이 이 바닥에서 누군가를 인정할 때 사용하는 호칭이라는 걸 알게 되었다. 또한 그 말들을 듣는 빈도가 잦아질수록 내가 사수로 나갈 날 또한 가까이 왔다는 걸 체감하고 있었다.

• 출근(사수)

"한솔아 출발해 볼까? 고고!"

처음부터 나는 한솔이를 부사수로 데려올 생각이었다. 한솔이는 내가 예전에 다닌 직장에서 만난 사이였는데 그때는 한솔이가 내 선임이었다. 나는 사람들에게 한솔이한테 당했던 만큼 복수하려고 부사수로 데려왔다 농담했지만 사실 한솔이는 나를 한 번도 서운하게 한 적이 없었다.

나는 한솔이와 함께 일하면 더 자유로운 하루가 될 거라고 생각했다. 그러나 부사수가 된 한솔이는 처음 겪어보는 종류의 일이라 과거의 나처럼 얼빵했고, 나도 사수로서 처음이었으니 우리는 하루가 서투르고 빠듯했다. 그 탓인지 내 상상처럼 자유로울 순 없었지만 그래도 우리는 처한 현실에 비해 즐거워했다.

바스 엔지니어는 힘들고(Difficult), 더럽고(Dirty), 위험한(Dangerous) 기준을 필요 이상으로 충족하는 직업이었다. 새벽 6시에 출발해서 다음 날 새벽 2시에 퇴근하는 격렬한 업무 시간에도 우리는 웃음이 나왔다.(사실 우리가 담배를 조금만 덜 피우고 일의 이해도가 지금만큼 됐다면 저녁 7시 전에는 끝났을 것이다.) 더 웃음이 나는 사실은 잠깐 눈 붙이고 또 같은 일을 하러 가야 한다는 거였다. 그런 우리에게 레드불은 수액이자 스팀팩이었고, 구원자이자 저승사자였다. 더럽기는 또 어쩌나 더럽던지. 내가 일하는 곳은 화장실이었다. 변기를 철거할 때면 미처 오수관으로 내려가지 못하고 바닥에 걸려 있는 똥을 만지기도 했다.

"형…… 똥, 똥!" 한솔이가 말했다.

"또, 또, 뭐, 왜?" 내가 대답했다.

"아니, 똥!"

한솔이가 손가락으로 가리킨 곳에 똥이 있었다.

"그러게, 똥이네. 치우자. 앞으로 자주 볼 거야." 나는 한솔이에게 똥을 발견했을 때 해야 할 일을 알려줬다.

부사수를 거쳐 사수로 올라온 내 기준에서 똥이나 피를 보는 건, 그날 일이 잘 풀린다는 좋은 징조였다. 이미 난 장갑을 끼고 똥 만지는 일은 대수롭지 않을 지경에 이르렀었고, 굳이 그러지는 않았지만 장갑이 없다면 맨손으로도 그냥 집어서 버릴 수 있을 것 같았다. 아마 한샘 일을 2년 정도 더 했다면 나는 똥의 상태로 고객의 건강 상태까지 체크해주는 전방위적 욕실 시공 기사가 되었을지도 모르는 일이다.

그 무렵 나는 친구들에게 별명이 하나 생겼는데, '똥쟁이'였다.

"야 어디야?" 친구 P가 나에게 전화로 물었다.

"어디긴 어디야. 일하고 있지." 내가 대답했다.

"아, 화장실이야? 맨날 화장실이냐. 똥쟁이야?" P가 말했다. 그랬다. 화장실이 내 직장이었다. 어디냐고 물어보면 나는 아침에도, 오후에도, 저녁에도 화장실이라고 대답했다. 오늘은 용인 화장실, 내일은 김포 화장실, 모레는 구리 화장실. '똥쟁이'와 '화장실 성애자' 둘 중 하나가 별명으로 불릴 위기였다. 시국이 시국인지라 나는 그나마 귀여운 '똥쟁이'를 선택했다.

친구들은 연관성 없이 널뛰기하는 내 직업군을 신기해했는데, 유독 한샘 일을 할 때 호기심이 폭발했다. 그 호기심은 내가 버는 돈 때문이기도 했다. "야, 그거 존나 전문가가 하는 거 아니냐? 도대체 네가 그걸 어떻게 배웠어?" 친구들은 내게 아무렇지 않게 이런 말을 했다. 도대체가 도대체라니. 내가 부사수로 겪은 시간을 친구들은 잊어버린 듯 보였다. 그럼 나는 친구들에게 "존나 전문가는 도대체 무슨 전문가냐. 이런 개……"까지 욕을 꺼냈다가, "이런 개…… 구쟁이들아. 그건 말이야. 그냥, 그냥 하는 거야."라고 대답하곤 했다.

정말이었다. 그냥 하는 거였다. 내 친구들은 어려운 일들이 아주 잘 짜인 틀 안에서 돌아간다고 여겼지만, 어떤 일은 틀을 벗어난 줄도 모르게 돌아가는 그런 일들도 있었다. 그건 대기업도, 대기업의 하청 업체도, 나도 마찬가지였다.

운도 꽤 좋았다. 처음이 중요하다며 일을 챙겨준 사수형 덕분에, 나는 사수 첫 월급으로 550만 원을 받았다. 지금껏 받아본 적 없는 액수의 월급이었다. 신입 사수치곤 많은 액수였고, 그런 탓인지 일을 잘한다는 평을 듣기 시작했다. 잦은 경우로 고객들에게 식사 대접도 받았고, 팁도 쏠쏠히 받았다. 화장실이라는 점만 제외하면 매일 다른 곳에서 매번 다른 사람들을 만나는 일은 나의 성향에도 잘 맞았다.

그런데도 나는 이 일을 평생 직업으로 삼게 될 거라는 생각은 들지 않았는데, 아무래도 내가 꿈을 포기하지 못했기 때문인 것 같았다. 일이 많아질수록 나는 삶이라는 게 참 피로하고 별거 없다는 생각을 자주 했다. 그러니까 이건 또 변덕이기도 했고 성찰이기도 했다. 사랑에 실패하고 꿈에 외면당한 사람에게 일과 놀이는 필수 불가결했지만 의미 또한 금세 휘발돼 사라져 버리곤 했다.

나의 꿈은 음악으로 성공하는 것이었다. 나는 정상에 오르고 싶어 했고 내 친구들은 정상적으로 살고 싶어 했다. 친구들은 대학을 자퇴하고 음악을 하는 내 모습에 '대단하다', '자유로워 보인다'는 말을 자주 건넸는데, 그건 내가 정상의 범주에서 벗어났다는 뜻이기도 했다.

그러나 나는 청춘은 언제나 정상적이지 않았으며, 어떤 삶에든 위험성은 존재한다고 대수롭지 않게 여겼다. 때문에 친구들의 꿈이 '학자금 대출 상환'이라던가 '정시 퇴근'이 될 수 있다는 것에 대해서도 충분히 공감하지 못했다. 적어도 나는 꿈이라 할만한 것을 좇았기 때문에 후회 없는 인생을 살 거라 생각했다. 계속 노력한다면 자신감과 실력이 쌓일 줄 알았지만 언제부턴가 부채 의식과 불안함이 쌓여만 갔다. 친구들은 자기만의 평범한 꿈을 실현시키며 어른이 되어가는 것 같았다.

조급해지기 시작했다. 뒤처진 기분을 떨쳐낼 수 없었으며 때때로 낭만은 쓸모없고 볼품없어 보였다. 나의 꿈이 서서히 나의 현실을 좀먹고 있었다.

그렇지만 아이러니하게도 세상의 많은 민낯을 마주한 덕분에, 나는 사람들이 나의 쓸모를 판단하고 결정하는 것에도 일정한 체계가 있다는 것을 인식하게 되었다. 그것은 사회적 규범에서 쉽게 벗어나지 못할뿐더러 때때로 폭력적이기도 한 것이었다. 그리고 그 폭력성이 사실은 겁이라던가 질투, 과시 혹은 오만 같은 지질한 것에서부터 비롯된 거라는 걸 알았을 때 나는 사람들을 별로 무서워하지 않을 수 있게 되었다.

또, 나의 꿈은 사회가 요구하는 '직업'이라는 1차원적인 형태로 정의된 거라는 것도 분명히 인식하게 되었다. 하물며 그 '직업'조차도 어린 시절의 내가 야트막하게 알고 있던 것들 중 선택한 것이었다. 세상과 나는 끊임없이 변화하고 있으며, 그것들을 입체적으로 바라볼 때 더 다채로운 선택을 할 수가 있었다. 예전이나 지금이나 내가 여전한 건 단지 누군가에게 영감을 주는 무언가를 만들어 내고 싶어 한다는 것이다. 음악이어도 좋고 음악이 아니어도 좋다. 그러니까 꿈을 포기하지 못했다는 것은 여전히 내가 누군가에게 영감을 주는 무언가를 만들고 싶어 한다는 뜻이기도 했다.

어찌 됐든 나는 정상에 오르지 못한 티를 내고 싶진 않았기에 한샘 사람들에게 굳이 내 꿈에 대하여 이야기하지 않았고 그들은 나를 정상인으로 대해주었다. 한샘 일은 노력에 정비례하진 않았지만(버는 돈보다 훨씬 고생한다고 느꼈지만) 파이 자체가 컸기에 내가 벌어들이는 돈의 액수 또한 컸다.

그렇게 나는 사수를 나온 지 6개월 차에 월급으로 700만 원을 받아볼 수 있었다. 그리고 월급이 늘었다는 건 내가 그만큼 많은 고객을 만났다는 뜻이었으니 나도 특별한 고객을 만날 확률이 높아졌다는 것을 의미했다.

• 진상 혹은 VIP

그해 여름은 온갖 것들로 빼곡히 차 있던 나에게 소란스럽고 쩅한 날들의 연속이었다. 세상 모든 것들이 햇빛에 흐늘흐늘 녹아내릴 것 같았고, 덕분에 나와 한솔이 몸에 배어버린 남자 냄새는 계절 내내 빠져나가질 않았다.

한솔이는 지하철로 퇴근할 때면 죄인처럼 고개를 푹 숙인 채 사람들이 없는 쪽을 찾아 헤매 다녔다고 한다. 나의 화물차에서는 늘 담배 냄새가 났으므로 담배를 안 피울 수 없었다.

그날도 여느 날과 같이 한솔이를 차에 태우고, 담배를 함께 태우고, 모르는 사람의 집에 도착해 벨을 눌렀다.

"뭐야, 왜 이렇게 어린 사람들이 왔어? 나이 많은 사람들이 잘하는데, 전문가 맞아요?"

고객이 문을 열어주며 나랑 한솔이에게 인사 대신 한 말이었다.

"시끄럽고 냄새나니까 화장실 문 꼭 닫고요. 민원 들어오면 안 되니까 조용히 공사해요." 일 시작 전, 고객의 요청 사항이었다. 만나자마자 까칠한 고객의 말투 때문에 하마터면 나는 '고객님, 그런데 조용히 공사하는 건 어떻게 하는 건가요?'라고 물어볼 뻔했다. 나는 누구에게도 조용히 공사하는 법에 대해서 배워본 적이 없었다.

참 많은 요청을 하는 고객이었다. 어쩌면 당연한 말들인데도 기분 나쁘게 들리도록 하는 재주가 있어 보였다. "제발 조용히 공사할 수 없어요? 선전에는 엄청 간단하게 공사하는 것 같이 나오더니만 왜 이렇게 시끄러워?", "끝나고 청소도 다 해주고 가는 거죠? 먼지 조금이라도 있으면 가만 안 돼.", "아니, 별로 어려워 보이지도 않는데 좀 더 빨리 끝낼 수 없어요?" 이때가 오후 4시였다.

그 고객은 우리가 찜통더위 속에서 화장실 문을 닫고 하루 종일 일하는 게 어떤 의미인지 생각해 볼 가치조차 없다는 듯 행동했다. 본인이 지불한 금액에 본인 행동의 당위성마저 포함되어 있다고 믿는지도 모르는 일이었다. 나는 매일 다양한 사람들을 만나다 보니 고객의 성향을 알아채는 촉도 나름 함께 발전했는데, 저 정도의 언행이면 최소 '데프콘 2'에 해당되는 준전시 상황이었다. 우리는 물 마실 시간도 아껴 빨리 이 전쟁 같은 현장에서 벗어나고 싶어 했다. 그렇게 시간과 감정을 최대한으로 아껴 화장실을 만들어냈다. 알고 보니 버스 엔지니어는 '아끼면 똥 된다'라는 말을 현실에 구체화할 수 있는 직업이었다.

그날 우리가 어떤 분위기였냐면, 내가 속으로 '시발, 시발' 거리다가 실수로 한솔이를 "야, 시발아"라고 부르면 한솔이가 얼떨결에 "아 왜, 시발"하고 대답할 것 같은 분위기였다. 아직도 한솔이에게 고마운 건, 그해 여름 존나 더운 더위 속에서 내 길을 묵묵히 같이 걸어준 거, 나와 개그 배틀을 붙어준 거, 나에게 욕을 한 번도 하지 않은 거다. 물론 나도 한솔이에게 욕을 하지 않았다. 내가 그렇게 배웠기 때문이었다.

고객들은 비슷한 수준의 돈을 지출했지만 비슷한 형편은 아니었기에 나를 대하는 태도가 달랐다. 누군가에게는 무척 큰돈이었고, 누군가에게는 그냥 돈이었다. 또, 고객들은 비슷한 인성은 아니었기에 나를 대하는 태도가 달랐다. 누군가는 나를 귀한 사람으로 대했고, 누군가는 돈이 너무 귀해 내가 사람이라는 걸 잠시 잊은 듯했다. 나역시 돈독이 올랐었기에 돈을 귀하게 여기던 고객들의 모습은, 너무나도 익숙한 사람의 모습이었다.

당시 한샘은 '책임 시공제'라는 시스템을 운영했다. 시공한 현장의 A/S까지 직접 책임져야 한다는 소리였다. 고객이 한샘 본사에 전화해 다른 A/S 기사라도 나오면 내

돈과 평가가 깎일 수 있으므로 나는 늘 고객에게 핸드폰 번호를 알려주고 직접 전화를 달라고 당부했다.

덕분에 수없이 많은 전화를 받았다. 자신이 얼마나 적극적인 소비자이며 앞으로 얼마나 더 적극적일 수 있는지 브리핑한 고객도 있었고, 지인이 한샘 고위직에 종사하는데 그들이 나를 어떻게 할 수 있는지 경우의 수를 알려준 고객도 있었으며, A/S를 문제 삼지 않고 넘어갈 테니 자신의 딸과 밥이나 한 끼 하자는 딸 사랑이 극심한 고객도 있었다.

언젠가 사수 형은 내가 앞으로 가지게 될 직업병에 대한 이야기를 해준 적이 있는데,

첫 번째, 모르는 번호로 전화가 오면 심장이 먼저 뛰기 시작한다.

두 번째, 잠시라도 방심하면 A/S를 다니느라 쉬는 날이 없어진다.

세 번째, 술이 늘더라. 였다.

한샘 일을 한 지 1년 6개월쯤 됐을 때의 나에게 모두 해당하는 이야기였다. 추가할 게 있다면 음악을 할 때 생긴 이명과 한샘 일을 하다 다친 팔의 통증이 심해졌다는 점이었다.

나는 한샘 일을 하는 동안은 피폐하고 불안한 날들이 계속될 거라는 걸 알 수 있었다. 그러니 이 일을 언제까지 해야 할지, 어떤 의미를 선택하고 살아가야 할지 결정해야 했다. 때마침 겨울 비수기가 되면서 일이 없는 날도 눈에 띄게 많아졌다.

역마살이 낀 욕실 시공 기사는 욕실을 떠나고 싶어 했다. 자아들이 싸워댔다. 그리고 싸움에서 이긴 건 역시 목소리가 큰 녀석이었다.

나는 비수기를 명분 삼아 또 한 번 퇴사를 했다.

꿈

I

7

"시간이 지날수록
시대착오적 문화라는 생각이 커져만 갔다.

이러한 것들을 버티는 일이 나의 자부심을
더 크게 만들어 주는 것 같지도 않았다."

엄마와 나뿐인 집에 강도가 침입했다.

칼을 든 강도에게 다가가 나머지 사람을 보호한 건 내가 아니라 엄마였다.

나는 구석에 웅크린 채 강도를 마주한 엄마의 뒷모습을 바라보며 떨고 있었다.

그 와중에도 엄마는 괜찮다는 말을 하며 나를 안심시키려 했다.

꿈에서 깬 나는 울고 있었다. 무척 생생한 꿈이었다. 혹여나 하는 마음에 열어본 안방 문틈으로 미간을 찌푸린 채 자고 있는 엄마가 보였다. 한낱 꿈일 뿐인데 찝찝했던 건 실제로 내가 누군가를 지킬 수 있는 사람이 아니라는 생각이 들었기 때문이었다. 나는 그날 바로 병무청 홈페이지에 들어가 군 지원 게시판을 클릭했다. 강해지고 싶은 마음과 빨리 병역 문제를 해결하고 싶은 마음이 섞여 있었다.

해병 1104기 - 2009년 10월 19일 입대. 석 달 남짓 남은 기간이었다. '죽기야 하겠어?' 생각하며 가장 빠른 날짜에 입대할 수 있는 해병대에 지원을 했다.

몇 달 후, 아들 걱정이 가득한 엄마 앞에서 태연한 모습으로 포항 가는 버스를 탔다. 훈련소까지 따라오겠다는 걸 정색으로 만류하고 서울 고속버스터미널에서 인사를 건넸다. 나중에 아버지에게 전해 듣기로 포항에 함께 가지 못하게 한 걸 엄마가 많이 서운해했다고 한다.

훈련소 근처에 도착한 나는 돼지 두루치기를 사 먹었다. 몇 번을 다시 음미해 봐도 맛이 없었다. 포항까지 함께 와 식사하는 예비 군인 가족 사이에서 혼밥을 하느라 조금 뻘쭘한 기분도 들었던 것 같다. 그들도 혼자인 나를 힐금 쳐다봤던 것 같고. 그저 그런 밥을 먹고 나와 공중전화 부스에서 가족과 친구들에게 입대 전 마지막 전화를 돌렸다. 누구와 어떤 이야기를 했는지 친구 P와의 통화 말고는 기억나지 않는다.

"나 이제 훈련소 들어간다."
"어. 야 잠깐만, 나 수업 시작한다. 끊어야 돼, 잘 갔다 와!"
뚝. 나는 진정한 친구란 무엇일까 생각하며 훈련소로 들어갔다.

이내 한곳에 모인 훈련병들은 교관의 지시에 따라 부모님이 서 계신 방향을 향해 절을 했다. 나는 대충 서울일 것 같은 방향을 찍어 절을 했다. 드문드문 울음소리가 들려왔다. 이어 나를 포함한 훈련병들은 교관들을 따라 부대 안쪽으로 걸어갔고, 모퉁이를 돌아 부모님들이 보이지 않게 될 때쯤 되자 어느 교관의 욕이 들려오기 시작했다. 나는 그제야 군대에 왔다는 실감이 나기 시작했다.

군대에서의 시간은 촘촘하게 흘렀다. 그곳은 계획이 다 있었고, 편안함에 기생하던 나를 충성스러운 군인으로 변화시켜 갔다. 지금껏 안일하게 살아온 나를 이겨내는 경험들이었다. 강해지고 싶은 동기는 저마다 달랐지만 나의 동기들은 비슷한 자부심을 가지기 시작하며 해병이 되어 갔다. 훈련이 힘들수록, 인간적인 대우를 받지 못할수록 자부심은 커져가는 것 같았다.

그 기반에는 늠름하고 용감한 해병이라는 자화상이 존재했다. "나는 가장 강하고 멋진 해병이 된다"를 구호로 외쳐대던 7주가 지나가고 훈련병들은 이등병이 되어 부대로 배치됐다. 나는 정말로 강해진 것 같은 느낌이 강하게 들었다.

그러나 해병대 제2사단 81대대의 막내가 된 나는 얼마 지나지 않아 혼란스러워졌다. 폭력과 부조리가 실재하고 있었기 때문이었다. 과도기적인 시기였는지 군 간부들은 폭력과 부조리를 근절해야 한다고 대대적으로 교육했고, 선임들은 해병대가 오랫동안 지켜온 전통이니 간부들의 말을 무시하라고 은밀하게 교육했다. 그것들을 지키고 버텨냈을 때 진정한 해병이 되는 거라고도 했다. 나는 어디까지 전통으로 허용해야 하는 것인지 헷갈렸고, 날 때리는 선임을 존중해야 하는 것이 맞는지 의아했다. 군대에서는 나처럼 생각이 많으면 여러모로 피곤한 법이다. 라고 이야기하지만 그런 생각들이 지금의 나를 결정지었다는 건 부인할 수 없다.

나의 선임(속칭 맞선임)이 된 사람은 후임이 들어오지 않아 막내 생활을 6개월이나 했다고 했다. 그래서 그런지 선임은 오래 벼르고 있던 사람처럼 나를 대했다. 이유를 모른 채 맞는 일은 도무지 적응이 되지 않았다. 온갖 부조리와 악습을 전통이라고 여기려니 불편한 마음이 먼저 들었다. 행여 간부들에게 들킬까 조심하며 악습을 행하는 모습도 별로 해병 같아 보이진 않았다. 스스로에게 납득이 가는 행동이긴 했을까.

시간이 지날수록 시대착오적 문화라는 생각이 커져만 갔다. 이러한 것들을 버티는 일이 나의 자부심을 더 크게 만들어 주는 것 같지도 않았다. '무사 전역'이라는 목표 아래, 더 나은 사람이 되고 싶은 마음과 시스템에 대한 반발심과 선임에 대한 경멸이 복잡하게 뒤엉켜 있었다.

여느 날과 같이 맞선임은 나를 해병으로 만들기 위해 지도 편달하던 중이었다. 훗날 나에게 후임이 들어오면 본인이 한 것처럼 폭력을 사용해 확실히 잡아놔야 한다는 내용이었다. 그렇지 않으면 나중에 기어오른다는 이야기에는 조금 안쓰러운 마음도 들었던 것 같다. 그리고 그즈음 맞았기 때문에 입을 연 것인지, 어떤 질문에 입을 연 것인지 정확한 기억이 나지 않지만 어찌 됐건 나는 맞선임에게 후임을 때리고 싶지 않다는 이야기를 분명하게 말했다. 그러자 맞선임은 "그래, 때리지 마. 그럼 네가 맞자." 하며 나를 때리기 시작했다.

강해지고 싶다면서 스스로에게 여간 창피한 게 아니었다.

맞고 있는 거, 나아가 나도 누군가를 때릴 거라는 거, 그러면서 군 간부들에게는 깨어있는 척 연기하고 다닐 거라는 거, 그리고 이러한 일련의 과정을 통달한 뒤에 드디어 진정한 해병이 되었다며 정신 승리할 거라는 거. 계속되어 온 창피한 생각들은 어느 기점을 지나 선임에게 대들기로 결심하게 만들었다.

"때리지 않으셨으면 좋겠습니다." 내가 맞선임에게 말했다. 하극상이었다. 생활관에 적막이 흘렀고 모든 시선이 나와 맞선임 쪽으로 모아졌다. 맞선임은 어처구니없는 표정으로 나에게 뭐라고 말했는지 되물었고 나는 때리지 않았으면 좋겠다고 한 번 더 대답했다. 맞선임이 욕을 하며 나를 힘껏 때렸다. 아팠지만 내색하지 않으려 노력하면서 맞선임을 똑바로 쳐다보고 또 말했다. "한 번 더 때리시면 안 참습니다." 내 말에 생각을 바꾼 맞선임이 앞으로 잘 지내자며 악수를 건넸다면 좋았겠지만 그런 일은 없었다. 맞선임은 온갖 욕을 하며 나를 때리기 시작했고, 넘어진 상태에서 맞고 있던 나는 벌떡 일어나 생활관 문을 열고 부소대장실로 향했다. "야, 야, 선욱아! 미안해!" 등 뒤에서 나를 부르는 다급한 듯한 목소리가 들려왔다.

꿈

II

8

"정말 끝까지 버텼다면 이겼을까.
무엇을 이겼을까.
버티고 버텨 무언가를 관철시켰을까.
아니, 그럴 수 있었을까."

한동안 중대에 찬 기운이 돌았다. 나는 맞선임을 일러바친 개념 없는 후임이 되어 있었다. 부소대장은 나를 때린 맞선임을 전출 보내고 앞으로 이런 일이 생기지 않도록 할 거라는 처음 말과 달리 나에게 타협점을 제시했다. 이렇게 맞선임을 보내는 건 너무 가혹하고, 그도 앞으로 날 때리지 않는다는 약속과 사과를 한다 하니 잘 지내보라는 것이었다. 나는 그에게 사과를 받고 대충 마무리했다. 이후로 나를 건드리는 선임은 없었다. 싸늘한 눈빛으로 쳐다보고, 나직이 욕을 하고, 은근슬쩍 어깨를 치며 지나가고, 인사를 받아 주지 않는 정도가 다였다. 한 명에게 지

독한 괴롭힘을 당하는 것과 모두에게 무시를 당하는 것 중 무엇이 더 힘든 걸까.

부소대장은 힘들면 이야기하라고 했지만 이제 나는 정말로 혼자 버텨내야 한다고 생각했다. 시끄러워지지 않았으면 하는 부소대장의 태도를 느꼈으니 나를 지키는 건 내가 해내야만 하는 일이었다. 나는 나를 지키기 위해 나의 잘못이 아니란 걸 끊임없이 스스로 상기시켰다. 어차피 나를 괴롭히는 그들도 죄책감을 갖지 않을 테니 나 역시 죄책감을 가질 필요가 없다며 명분도 만들어 주었다.

나는 틈만 생기면 졸렬하게 괴롭혀대는 선임들에게 책잡히지 않으려 더 악착같이 생활했다. 부러 큰소리로 대답했고, 무시당할지언정 똑바로 쳐다보면서 분명하게 경례했다. 나를 유독 싫어하던 선임은 인사도 받기 싫으니 자신에게 경례하지 말라며 욕을 했지만 나는 다음날에도 다음다음날에도 똑같이 경례했다. 그게 내가 선임들에게 예의를 지키며 할 수 있는 최고의 반항이었다. 경례를 안 하면 책잡힐 게 하나 더 생길 뿐이라는 것도 알고 있었다. 그렇게 수많은 하루를 버텨내면서 나는 사람들의 난폭한 시선에 의연해지는 법을 조금씩 익혀갔다.

반항을 멈출 수 있는 깊은 밤이 찾아오면, 하루만큼 멀어진 군 생활에 조금 안도했고 다가올 지랄들에 많이 불안했다. 엄마 생각이 자꾸 났다. 엄마를 떠올리면 마음이 약해졌다가 다시금 강해졌다. 엄마에겐 설명할 수 없는 이 시간들을 무사히 버텨내 홀로 강해져 왔다며 엄마 앞에 당당한 모습으로 나타나고 싶었다. 그런 생각에 빠져누워 있다 보면 이윽고 종일 힘주느라 피곤했던 나를 무언가가 죽죽 잡아당겨 검은 우주로 탈출시켜 주었다.

당시 나는 매주 일요일 종교 활동 시간만을 애타게 기다렸다. 선임들과 떨어져 휴식을 취할 수 있는 유일한 활동이었는데 그중에서도 불교로 가는 인원이 가장 적었다. 심지어 절이 부대 밖에 위치해 있어 차로 15분가량 이동해야 하는 탓에 외출하는 기분마저 들었다. 절의 고요한 분위기와 향냄새, 군 스님의 깨어있는 듯한 선지자적인 말씀이 좋았다. 그곳에 있을 땐 나의 번뇌와 잡스러운 생각들도 희석되는 것 같았다. 물론 부대로 돌아올 때면 언제 그랬냐는 듯 다시금 응어리가 마음을 감아버리곤 했다.

그렇게 별의별 민간요법, 아니 군간요법을 써가며 간신히 버텨내던 하루가 쌓여가고 내게도 조금의 변화가 보였다. 같은 생활관은 아니지만 후임들이 들어왔고, 몇 주 후면 일병 진급이 예정되어 있었다. 그리고 상황에 따라(대개 나와 단둘이 있을 때) 내 인사를 받아주는 선임들이 생기기 시작했다. 힘내라는 말을 툭 던지고 지나가는 선임도 있었다. 그들에게 인정받는 것 같은 기분이 마냥 나쁘지 않았다. 오히려 흐뭇한 마음마저 일었다. 어느 일병 선임은 나를 조용히 불러 이것저것 물었다. 해병대 왜 왔냐고 묻길래 나는 사랑하는 사람들을 지킬 수 있는 사람이 되고 싶어 왔다고 대답했다. 그러자 그 선임은 나에게 지금은 그런 사람이 된 것 같냐고 물었고, 나는 조금 고민했지만 지킬 수 있을 것 같다고 대답했다. 그렇다면 절대 지지 말라고 선임이 얘기해 주었다. 내 마음을 안다며 자신도 해병대 전통이 많은 부분 잘못됐다고 생각한다는 이야기와 함께, 끝까지 버티는 사람이 이기는 거라고 이야기했다. 순간 그 선임이 부대 안의 누구보다도 어른 같아 보였다.

정말 끝까지 버텼다면 이겼을까.

무엇을 이겼을까. 버티고 버텨 무언가를 관철시켰을까. 아니, 그럴 수 있었을까. 나 역시 권력에 안주하는 방관자가 되진 않았을까. 보상 심리나 편안함에 대한 점력이 생긴 나머지 부조리한 것들을 천연덕스럽게 대하진 않았을까. 그래도 어쩌면 스스로 어른이라는 생각을 가지고 살아갈 순 있지 않았을까. 나도 너를 이해한다면서 결국 세상 돌아가는 이치를 설명하고 있지 않았을까. 어쩌면 훌륭한 사람처럼 보이지 않았을까. 그러면 그게 이긴 걸까.

나는 얼마 후 나를 응원해 준 그 선임이 후임을 욕하며 뒤통수를 세게 때리는 모습을 보았고, 선임이 어디까지 해병대 전통으로 허용하고 있는 것인지 궁금했다.

나 역시 이제는 어른이지만 여전히 내게 어른들은 아쉽고 서운하다.

꿈

III

9

"그렇지만 오랜 고민 끝에 내가 정한 생각은,
나는 그럼에도 사회가
나아질 거라고 믿겠다는 것이다."

어느 날 생활관에서 쉬고 있는데 방송이 흘러나왔다.

"이병 문선욱, 대대장실 호출, 이병 문선욱, 대대장실 호출."

선임들이 다급히 말을 걸었다. "선욱아, 나는 아니지?", "나는 너한테 잘해줬다.", "말 안 해도 알지?" 등의 호소하는 말들이었다. 아무래도 저번에 불거진 일과 연관된 이유로 대대장님이 날 부른 거라고 생각하는 것 같았다. 평소 나에게 냉랭하던 선임들이 따사하게 퍼붓는 말들에 고개를 갸우뚱하고 생활관을 나오니 부소대장이 서 있었다.

부소대장도 대대장님이 나를 부른 이유를 모르고 있었다. 나에게 빨리 가보라는 말과 함께 혹시 그때 일을 대대장님에게 이야기했는지 물었다. 나도 부소대장에게 궁금했던 질문이었다. 그도 그럴 것이 이병이 대대장실에 호출될 일은 딱히 없었다. 암만 생각해도 뭐가 없었다. 불교 신자였던 대대장님을 절에서 만나 경례하고 의례적인 차원의 질문과 대답이 몇 번 오간 기억 정도가 날 뿐이었다. 부소대장은 그러고 나서 나에게 맞선임과 있었던 일을 대대장님에겐 절대 이야기하면 안 된다고 당부했다. 그때 나는 한 개인의 졸렬함에 조금 짜증이 났던 것 같다.

곧 대대장님과 마주하게 된 나는 이유를 알게 되었다. 불교 군종병이 전역을 할 때가 되어 다음 군종병으로 대대장님 본인이 희망하는 사람을 군 스님에게 추천하려는 것이었다. 그게 나였다. 내가 불교 활동을 열심히 하고, 인상이 좋고, 인사성이 밝기 때문이었다. 어느 이병들은 경례도 소극적인데 나는 위축되어 있지 않고 큰 목소리로 경례하는 모습이 인상적이었다는 말씀을 해주셨다. 아이러니했다. 나는 대대의 수많은 이병들 중 문제를 일으킨 사람이었다. 그리고 사실 나는 불교가 아니라 그냥 쉬고 싶어서 인원이 적은 종교로 참석한 것이고, 인사성이 밝다기보다 선임들에게 꺾이지 않으려고 내 나름대로의 투쟁을 하고 있었던 것뿐이었다.

여하튼 대대장님은 내게 군종병을 하게 되면 안전상 부대를 오갈 수 없어 절 안에서 군 스님과 함께 지내야 한다고 했다. 스님이 내 상급자이자 보호자가 되는 셈이었다. 스님과 함께 밥 먹고, 차 마시고, 절에서 잠을 자고, 종교 활동과 관련된 일을 하다가 전역하는 것이었다. 나는 혹시 대대장님이 그 일에 대해 알고 계셔서 티 내지 않고 나를 이곳에서 탈출시켜 주려 하시는 건가 생각했다.(훗날 대대장님이 그 일에 대해 전혀 모르셨고, 알게 된 후에 부소대장을 불러 크게 혼냈다는 사실을 듣게 되었다.)

고민이 됐다. 내가 이 악물고 버텨낸 시간들을 생각했

다. '곧 일병이고, 후임들이 들어와 좀 편하게 될 텐데.' 이런 종류의 생각을 하는 내 모습에 폭력을 행사하지 않았을 뿐 나에게도 보상 심리가 존재한다는 걸 어렴풋이 알 수 있었다. 나는 다르다고 생각하면서도 조금씩 부조리한 관행에 동조해 가고 있었다. 이 정도는 괜찮겠지, 싶은 것들이 늘어만 갔다. 나는 이제 훈련소에서 끊임없이 외쳐대던 '가장 강하고 멋진 해병'은 되지 못할 것 같았다.

생활관으로 복귀한 나에게 부소대장과 선임들이 틈틈이 은밀하게 다가와 이것저것 물었다. 물론 본인들의 안위에 관한 질문이었다. 그때 나는 스스로 세운 도덕적 기준에도 미달했으면서 동시에, 수많은 사람들의 모습을 참 별로라고 생각했다. 그런 생각을 하는 나도 별로라는 건 그때도 알았지만 인정하기는 싫었던 것 같다.

'스님과 함께 지내면 좀 다를까. 무엇을 배울 수 있을까. 적어도 이곳보다는 배울 점이 많지 않을까. 절에서 생활하는 경험은 평생 겪어보지 못할 특이한 경험이지 않을까.'

이런 생각들을 했다. '나를 싫어하는 사람도, 내가 싫어하는 사람도 보지 않을 수 있겠구나.' 이런 생각들도 했다.

결국 나는 도망치는 것을 선택했다. 절이 싫어 중이 떠나는 것이 아니라, 군이 싫어 절로 떠나는 것이었다. 군종병이 되기로 결정한 나에게 맞선임은 고생했고, 미안하고, 잘 가라고 이야기했다. 쉬운 작별이었다.

절 생활은 적응이랄 것도 없이 금방 익숙해졌다. 몸과 마음 모두 고단했던 부대 생활과는 비할 수 없이 편했다. 내가 그곳에서 가장 먼저 한 일은 군 스님을 '법사님'이라고 부르는 일이었다. 다들 그렇게 불렀다. 처음엔 꼭 마법사를 지칭하는 것 같아 어색한 느낌이 들었지만 계속 부르다 보니 입에 붙었다. 이후 전역할 때까지 법사님과 종교 활동을 하며 온갖 좋은 이야기를 들었고, 함께 생활하며 법사님의 사고방식을 배웠다. 이것들은 이후 내가 살아가는 데 있어 큰 버팀목이 되어주었다.

적당히 자유롭고 고요한 생활이 이어지면서 자연스레

마음의 평화도 찾아왔다. 나는 늦은 저녁 홀로 법당에 앉아 생각하는 시간을 좋아했다. 고요함 속에서 내가 어떤 사람이었는지 수없이 생각했다. 그간 노력과 무관한 삶을 살아온 것을 반성했다. 그리고 내가 무언가를 결정하는데 주저하게 만들었던 요소들이 실은 모두 나에게서 비롯된 것임을 깨달았다. 타인의 시선, 경제적 상황, 실패의 두려움. 이러한 것들은 모두 내가 노력하지 않도록 만들어낸 핑계에 불과할 뿐이라는 것을 인정하게 되었다.

이어 앞으로의 삶에 대해 생각했다.
'나는 어떤 삶을 살 것인가.'

독립적이고 주체적인 사람으로 살아가야겠다, 창조적인 일을 하고 싶다, 음악을 해봐야겠다고 생각했다. 사실 어렸을 때부터 음악이 하고 싶었지만 여러 이유를 대며 포기했었다. 곰곰이 살펴보니 용기가 모자라 포기할 구실을 찾았다는 편에 가까워 보였다. 전역하고 나면 음악을 제대로 한번 해보고 싶었다. 음악을 한다면 비록 성공에서는 실패하더라도 행복에서 실패할 것 같진 않았다. 그저 내가 하고 싶은 일들을 계속하다 보면 최소한 행복의 귀퉁이에라도 걸터앉은 사람은 되어있을 것 같았다.

만약 과거로 돌아간다면 다시 같은 선택을 할 것이냐는 뻔한 질문이 떠오르는데, '아마 나는 무모한 탓에 또 비슷한 선택을 할 것이고, 후회도 많이 할 테지만, 버텨내는 것도 결국 또 할 것 같다. 그러니 그때의 내가 조금만 덜 힘들어하고 즐겼으면 좋겠다. 이후에는 균형감도 자연스럽게 익혀 잘 서 있게 될 테니까.'라고 대답하고 싶다.

전역을 한 달 남짓 남겨둔 때였다. 내가 있던 부대에서 총기 난사가 일어나 4명의 사망자가 발생했다. 당시 상황에 대한 온갖 이야기가 들려왔다. 많은 이들이 전통으로 지켜온 해병대 악습이 만들어 낸 사고였다. 기수 열외.

"저 새끼 기수 열외 시켜버릴까?" 선임들이 나를 향해 농담처럼 입에 담았던 말이 떠올랐다. 기수 열외란 최고참 선임에게 지목당한 사람을 다른 병들이 합법적으로 무시하는 제도였다. 쉽게 이야기하면 '왕따 지목 선언' 같은 것. 그런데 군대는 계급이 있으니 만약 기수 열외를 어느 일병이 지목당했다고 치면, 그보다 낮은 계급인 이병이 와서 그 일병을 때리고 욕해도 된다는 것이었다.

부대 안의 많은 사람들은 결국 일어날 일이 일어났다고 생각했다. 자신들도 동조자, 방관자이면서 "그러니까 적당히 해야지." 같은 말들을 참 쉽게도 했다. 누구에게나 일어날 수 있었던 일이라는 생각이 들어 더 화나고 안타까웠다. 후회와 반성을 해봐도 그 끝에는 돌아올 수 없는 이들만이 존재할 뿐이었다. 나 외에도 힘들어하는 이들이 있다는 걸 알고 있었다. 종교활동에 참석한 이들의 얼굴을 보면 금방 티가 났다. 위치만 달랐을 뿐 나도 동조자, 방관자, 도망자였다. 그리고 대대장님은 책임을 통감하고 전역을 하게 되었다. 사태의 심각성을 몰랐던 것 역시 책임을 물어야 하는 위치였다. 대대장님은 그때 내가 겪은 일도 알게 되었다며 마지막 인사를 건네셨다.

나는 그 이후로도 비슷한 형태의 일들을 뉴스에서 종종 보게 되었다. 시스템의 문제, 부조리한 풍경들, 어른의 부재. 그것들의 피해는 결국 사람이 입었다. 사회적 위치가 약한 사람일수록 더 억울한 피해를 입는 것 같았다. 같은 실수가 형태와 구조만 바뀌며 반복되는 것 같아 피곤하고 우울해지기도 했다.

그렇지만 오랜 고민 끝에 내가 정한 생각은, 나는 그럼에도 사회가 나아질 거라고 믿겠다는 것이다. 더 나은 세상을 만들기 위해 의미 있는 일을 하는 사람들은 여전히 존재하며 내 주변에는 똑똑하고 따뜻한 겁쟁이들이 아주 많이 있다. 이들은 결국 필요하다면 용기를 낼 것이다. 우리는 이미 세상을 바꾸는 경험도 해보았다. 언젠가의 사람들이 최선이라 믿고 행동한 것들이 켜켜이 모여 지금을 만들어 냈다.

그러니까 피곤해도 무력하진 않을 것이다. 치열하게 고민하고 어김없이 희망을 찾아 바라볼 것이다.

앞으로도 나는 어딘가로 흘러가고 좋은 날에만 머물러 있진 않겠지만 떠나온 내 시간을 존중하며 다가올 시간들을 담담히 마주할 것이다.

3D

아티스트

"직접 겪어봐야만 직성이 풀리는 사람들이 있다.
다만 나는 궁금할 뿐이다.
몇 차례 실패를 통해 얻은 교훈과
내게 있는 크리에이티브함으로
무엇을 만들어 낼 수 있을지."

서른두 살에 3D 아티스트로 전직에 성공했다. 코로나 시기에 국비 교육 학원을 다니며 이뤄낸 결과였다. 종잡을 수 없는 인생 필모그래피를 지닌 나를 흥미롭게 보신 CG 회사의 이사님이 직접 연락을 주셨다.

이사님은 면접 자리에서 자신이 살고 싶었던 삶을 살아온 듯한 내가 궁금했다는 말과 함께 포트폴리오에 대한 칭찬을 아끼지 않으셨다. 학원을 다닐 당시 취업을 위해 뻔한 포트폴리오를 만드는 작업이 싫었던 나는 8분가량의 숏필름 다큐멘터리 애니메이션을 포트폴리오랍시고 제작했는데 그게 오히려 좋게 작용한 것이었다. 학원 동기들 중 2번째로 취업에 성공한 교육생이 되었다.

이사님은 회사에서 해줄 수 있는 최고 수준의 신입 대우를 해주셨다. 나는 메타버스 열풍에 힘입어 막대한 투자를 받고 큰 규모로 사옥을 옮긴 CG 회사의 야심 찬 신설 부서 뉴미디어 팀 첫 번째 사원이 되었다.

좋은 기회라고 생각했다. 이렇게 직장 생활을 이어가며 안정감도 찾고, 실무에서 쓰이는 기술적인 부분들을 배워 내 창작 활동에 적용해 음악과 영상을 섭렵한 플레이어가 되고 싶었다. 나는 늘 뮤직비디오 대한 아쉬움이 있었다. 내가 만든 음악의 느낌을 영상으로 제대로 표현해주는 사람을 찾는 게 쉬운 일이 아니었다. 아쉬운 내 뮤직비디오를 보며 나는 직접 영상까지 만들어야겠다는 생각을 자연스레 품게 되었다. 더군다나 수십 번의 공연보다 잘 만들어진 하나의 영상이 더 효과적이라는 것은 안타깝지만 현실이었다.

청사진이 그려졌다. 첫 출근 날 팀장급으로 키우려는 생각을 하고 나를 데려오셨다는 이사님의 말씀에 '이사님은 정말 사람을 볼 줄 아시는군요.' 하는 농담을 떠올렸지만 입사 첫날부터 퇴사를 당하고 싶지는 않았기에 나는 겸손의 미덕을 발휘해 감사하다는 말씀을 드리며 뉴미디어 팀 청사진에 대한 이야기를 나누었다.

CG 업계의 과거와 현재, 그리고 비전에 관한 이야기. 개인적으로 지니고 있던 생각들과 합쳐지며 정리가 됐다. 결국 자체 콘텐츠가 있어야 한다는 결론이었다. 지금까지의 방식으로는 성장에 한계가 있어 보였다. 90명 가까운 인원으로 운영되는 회사의 영업 이익이 10억 원대에서 벗어나지 못한다는 사실은 이를 잘 보여주는 것 같았다. 훌륭한 CG 제작 역량을 지니고 하청 업체의 입장으로 부품 조달 격의 일만 하는 것은 재능 낭비나 다름없다고 느껴졌다. 그러나 회사 차원에서도 그렇게 연명할 수밖에 없던 이유는 있었을 것이다.

그 이유가 꼭 나 같았다. 먹고사는 데 급급해 뮤지션으로서의 활동을 제대로 하지 못한 점 말이다. 회사 역시 손익 개선이 우선시 되어야 하는 상황에서 리스크가 큰 일을 벌인다는 건 하기 어려운 선택이었을 것이다. 그뿐만 아니라 회사가 기술력에 대한 자부심을 지니고 있는 것에 비해 실속이 없는 면도 내가 아티스트로서 재능이 있다고 여기지만 아직 이렇다 할 성과를 내지 못한 것과 비슷해 보였다. 대외적으로는 별문제 없어 보인다는 것마저 닮아 있었다.

어찌 됐든 나 또한 콘텐츠를 기획하고 만드는 일이 하고 싶은 사람이기에 이사님이 그리시는 뉴미디어 팀 청사진의 방향과 맞아떨어졌다. 입사 후 내가 바로 맡은 업무들은 쇼릴, 프리비즈 영상, 3D 배경 디자인 제작 같은, 자체 콘텐츠라고 불릴 만한 것들은 아니었지만 이사님은 이것만 끝나면 재밌는 거 하자고 말씀해 주셨다. 나 역시 실무 경험을 쌓을 필요가 있다고 생각했고 어떤 일이든 의미를 지니는 순간이 온다고 여기기에 3D 아티스트 업무에 빠르게 적응해 나갔다.

나는 그간 야생 속에서 터득한, 내 안에 생길법한 부정적인 감정들을 유머로 치환해 시트콤화 시키는 재주를 물씬 발휘하며 K-직장인으로 자리매김했다. 주말에 출근할 때면 회사에서 제공하는 공짜 커피를 마시고 법인 카드의 한도만큼 꽉꽉 눌러 담은 밥을 먹을 생각으로 지하철에 올랐다. 출근하지 않았다면 내가 카페에 놀러 가 썼을 커피값과 밥값을 계산해 보며 '이렇게 일상 속 재테크를 실천해 나가면 금방 집도 사겠군.' 하는 망상에 가까운 상상을 하다가, 보유 중인 다른 CG 회사의 주식이 떨어진 것을 확인한 뒤에는 우리 회사와도 긴밀한 관계에 있던 그 회사 대표님을 뵙게 될 때 누구보다 정중하게 '안녕하세요, 대표님. 다름 아니라 저도 주주로서의 책임감을 지니고 밑 빠진 독에 열심히 물을 붓고 있는데 물이 계속 새네요. 혹시 독이 깨진 위치를 말씀해 주시면 제가 한샘 바스 엔지니어 출신이니 가서 수리를 좀 해드릴 수도 있을 것 같습니다. 어이쿠……. 생각보다 많이 깨졌네요. 이건 수리가 어려울 것 같은데 저는 그럼 이만 들어가 보겠습니다. 파이팅!'이라는 내 인생을 상장 폐지시킬 법한 농담을 하는 모습을 떠올리며 회사 엘리베이터에 올랐다.

내가 나날이 새로운 기술을 습득하며 3D 도사로 발전할 동안 한 달에 한두 명꼴로 쓰리디 쓰린 퇴사가 발생했다. 나보다 더 도사인 동료들이 회의감을 가지고 회사를 떠나는 모습을 보며 이건 분명 나에게도 도사리고 있는 무서운 감정일 거라는 생각이 들었다. 동료들과 친해지며 CG 작업자들의 고충을 인지하게 되었는데 그건 바로 좋아해서 시작한 일이 괴로운 일이 되었다는 것이었다. 쉽게 위로를 건네기 어려운 문제였다. 나 역시 음악을 하면서 누구보다 많이 느낀 감정이었기에 그저 함께 술잔을 기울여 주는 것밖에 할 수 있는 게 없었다. 일의 의미는 스스로 찾아야만 의미가 있는 것이었기에 시간이 걸리더라도 좋은 의미를 발견하길 바랄 뿐이었다. 나는 미국 대통령이 나사(NASA)에 방문해 청소부에게 건넨 "당신은 무슨 일을 하고 있나요?"라는 질문에 "사람을 달에 보내는 일을 돕고 있습니다."라고 답변한 청소부의 말을 좋아한다.

반복되는 야근과 주말 출근에 속 쓰림을 참아가며 회사 커피를 하루에 4잔씩 들이켜고 오늘도 회사 재정에 영향력을 끼치는 사람이 되었다는 사실을 흐뭇해하면서 의연히 자리를 지키던 어느 날 이사님이 출근하지 않으셨다. 휴가를 쓰셨겠거니 생각했으나 몇 날 며칠을 내리 나오지 않으셨다. 그러더니 사내 게시판에 이사님이 품위 유지 위반으로 퇴사를 하게 되었다는 공지 사항이 올라왔다. 슈룹이라는 드라마의 프리비즈 테스트 영상을 만들어보고 있을 때였는데, 마시던 커피를 슈발이라는 소리와 함께 뿜어버릴 뻔했다.

이달의 퇴사자가 이사님이실 거라는 건 내 상상력의 범주에서 벗어난 생각이었다. 나름 크리에이티브한 사람이라 여겼는데. 나는 최소한 나보다는 이사님이 회사를 더 오래 다니실 거라고 당연히 여겼기에 적지 않게 놀랐다. 나를 비롯해 이사님을 각별히 따르던 많은 직원들이 멘붕에 빠졌다. 직원들에게 인망이 높은 분이었기에 더 아이러니했다. 러시아-우크라이나 전쟁 중에도 '나는 아마 3차 세계 대전이 일어나서 서울이 셧다운 되기 직전까지는 CG 작업을 하고 있어야 할 거야.'라는 생각으로 우직하게 자리를 지켰는데 자리를 비우는 시간이 많아졌다. 이런저런 수군거림이 들려왔지만 동참하지 않았다. 나에겐 감사한 분이었다.

청사진이 빛바랜 사진이 될 거라는 게 예상됐다. 모험심을 가지고 태초 마을을 벗어날 용기를 지닌 전사는 보이지 않았다. 탱커와 딜러 없이 힐러만 존재하는 평온한 마을 같았다. 이사님이 빠진 회사는 그야말로 버터 없는 버터 맥주, 망고 없는 망고 음료, 붕어 없는 붕어빵, 아 붕어빵은 원래 붕어가 없다.

나는 회사의 청사진에서 '회사'라는 단어를 제거하고 '청사진'만 나에게 적용해 보는 상상을 했다. 크리에이티브함, 예술의 순수성 같은 것들을 추구하며 창작 활동을 해오다 생존을 찾아 나선 친구들이 떠올랐다. 영화감독을 꿈꾸고 한예종 영화과에 입학했지만 방송국에 들어간 친구, EBS 음악 프로그램 스페이스 공감에 출연했지만 더 이상의 모멘텀을 만들지 못하고 술집을 차린 친구. 친구 따라 강남에 온 나는 그러니까 이제 예술의 순수성이 뭔지 잘 모르겠다. 그저 순수한 누군가에게 예술이 된다면 좋겠다. 라이브 공연을 하는 뮤지션보다 사전 제작된 버츄얼 캐릭터의 공연 영상이 더 인기를 끄는 게 공연한 세상이다. CG 아티스트로 일하는 내가 러다이트 운동이라도 할 게 아니라면 거스를 수 없는 흐름에서 의미를 만들어 가는 게 최선일지 모른다.

세상이 빠르게 변화하고 있다. 사람들이 Chat GPT에 주목하고 있는 요즘 3D 업계에도 많은 변화가 일어났다. 한 땀 한 땀 3D 모델을 만드는 모델러들이 사진을 3D 모델로 만들어주는 기술에 위기를 느끼고, 애니메이션 작업을 하는 애니메이터들이 동영상 기반의 애니메이션 제작 기술을 바라보며 탄식을 자아낸다. 이건 비유하자면 목화 따는 기계와 트랙터의 등장으로 일자리를 잃은 미국 남부의 농부들 같은 상황일지도 모르겠다.

내가 아는 한 친구는 어느 아이돌의 열렬한 팬인데 티켓팅을 하기 위해 치열하게 노력하고 막상 공연장에 가서는 코딱지만 한 크기의 사람 형태를 관람하며 에너지를 소모하고 오는 것에 대한 이야기를 한 적이 있다. 그리고 최근에 극장에서 개봉하는 아티스트들의 콘서트 영상을 보며 나는 머지않아 콘서트장이 극장을 넘어 우리 집 안으로 들어오게 될 거라는 생각이 들었다. 양질의 3D 콘텐츠로 무장한 새로 나올 디바이스와 함께 말이다. 그러면 누구나 크리에이터가 되는 세상이 온 것처럼 누구나 3D 콘텐츠를 만드는 세상이 올 것이다. 장르를 구분 짓기 어려운 콘텐츠의 형태도 하나둘 나올 것이다. 이런 내 생각에 반박하듯 친구는 "어차피 인간은 뉴럴링크를 탑재하게 될 거고 결국 인류는 멸망할 거야."라고 디스토피아적인 이야기를 농담처럼 하곤 하는데, 그러면 나는 "그 멸망을 내가 살아있을 동안만이라도 좀 미뤄 줄 순 없을까?" 부탁하곤 한다.

직접 겪어봐야만 직성이 풀리는 사람들이 있다. 다만 나는 궁금할 뿐이다. 몇 차례 실패를 통해 얻은 교훈과 내게 있는 크리에이티브함으로 무엇을 만들어 낼 수 있을지.

청사진이 그려졌다. 친구의 말이 귓가에 맴돈다.

'태초 마을을 떠나지 않으면 영웅이 될 수 없어.'

엄마

키
우
기

11

"엄마의 건강이 좋아졌다.
엄마는 본인을 살리므로 나에게 선물을 준 셈이 됐다.
태어나 받아 본 선물 중 가장 큰 선물이었다."

엄마의 건강이 좋아졌다. 엄마는 본인을 살리므로 나에게 선물을 준 셈이 됐다. 태어나 받아 본 선물 중 가장 큰 선물이었다.

살뜰하게 나를 돌보아준 엄마에게 나는 쌀쌀맞은 아들이다. 좋게 말하면 쿨한 거지만 사계절이 뚜렷한 한국에서는 이걸 쌀쌀맞다고도 이야기하는 것 같다. 그래도 뙤약볕이 강하게 내리쬐는 여름에는 쿨한 게 도움이 된다. 남들보다 일찍 나는 나의 삶이 있고 엄마는 엄마의 삶이 있는 거라 생각했다. 때문에 인간 된 도리와 사람으로서의 존중 이외에 부모 자식 간의 애착이라 느껴질 만한 것들을 조금 경계했다. 나는 그것들이 엄마를 슬프게 하지 않았다고 자신할 수 없다.

엄마의 카톡 답변이 평소와 다르게 오타가 많아서 이상하다고 느낀 어느 날, 아니 그러고도 며칠이 지난 뒤에 집에 들렀을 때 엄마는 정말 이상해져 있었다. 내가 들어와도 인사를 하지 않고 초점을 잃은 눈으로 허공만 응시했다. 마치 영혼이 빠져나간 사람 같았다. 키위를 된장으로 착각하고, 휴지도 없이 코를 풀고, 자신이 이야기한 걸 기억하지 못했다. TV 소리를 꺼둔 채 소리가 나오지 않는다고만 하고, 리모컨을 바로 앞에 가져다 놓아도 못 알아챘다. 화장실 문을 열고 볼일을 본 뒤에는 물도 내리지 않았다. 나는 엄마가 갑자기 치매에 걸린 거라고 생각했다.

급하게 택시를 불러 은평구에서 유명한 종합 병원으로 엄마를 데리고 갔다. 택시 안에서도 병원에서도 엄마는 아무 말이 없었다. 진료를 기다리는 동안 엄마가 식사도 제대로 챙기지 못했을 거라는 생각이 들어 뭐 먹고 싶은 거 없냐고 물어보자 엄마는 그제야 "연어."라고 말을 했다. 집을 나선 이후로 처음 듣는 엄마의 목소리였다. 우리는 손을 꼭 잡은 채 식당으로 향했다. 식사를 하는 동안 음식을 자주 흘렸지만 연어회를 먹으며 "맛있어."라고 한 번 더 말한 엄마의 모습을 보면서 나는 작게나마 감사하는 마음을 가졌다. 물론 평소라면 나도 좀 먹으라고 젓가락으로 연어를 집어 내 그릇에 놓아주었을 엄마였을 테지만 말이다. 엄마는 혼자만 맛있게 먹었다.

다행히 엄마의 뇌에는 이상이 없었다. 의사 선생님은 엄마가 치매는 아니고 섬망 증상이 의심된다고 말씀하셨다. 일단 입원하고 내일 내과 전문의 선생님이 출근하면 그때 같이 보자고 하셨다. 염증 수치는 17, 혈당은 350이 나왔다. 나는 얼른 내일이 오길 바라며 엄마의 손을 잡았다가, 엄마의 실수에 대처했다가, 엄마의 잠든 모습을 바라보았다. 긴긴밤이었다.

다음 날에도 엄마의 증상은 나아지지 않았다. 신경과 전문의 선생님과 내과 전문의 선생님이 함께 엄마를 살펴보았지만 증상이 완화될 거라는 말씀은 하지 않으셨다. 이대로 영영 내가 알던 엄마의 모습이 돌아오지 않으면 어떡하지 싶은 생각에 겁이 났다. 나는 조심스럽게 신경과 전문의 선생님을 찾아가 더 큰 병원에서 검사를 받아보면 어떨지 여쭤보았다. 선생님은 지금으로서는 원인을 단정할 수 없으니 그렇게 하는 것도 방법이 될 수 있을 거라고 하셨다. 그리고는 가톨릭대학교 은평성모병원이 그나마 빨리 진료를 받아볼 수 있을 거라고 조언해 주셨다.

나는 곧장 소견서와 검사 결과가 적힌 서류들을 챙겨 은평성모병원으로 엄마를 데리고 갔다. 빌어먹을 코로나 때문에 기다림의 연속이었다. 엄마는 어제저녁 이후로 더 이상 말을 하지 않고 있었다. 여차저차 접수를 끝내고 진료과의 로비로 들어가자 간호사 선생님이 내게 다가와 엄마가 어디가 아픈지 물어보셨다. 그저 안내를 위한 의례적인 물음이었을 뿐인데 나는 엄마가 어디가 아픈지 생각하다가, 이걸 어디서부터 어떻게 다시 이야기를 꺼내야 할지 고민하다가, 그냥 울음이 터졌다. 눈물이 아니라 그야말로 울음이었다.

내가 아는 나는 이런 사람이 아니었다. 어떤 상황에서도 감정 조절을 잘하는 침착한 사람이라 자부했는데 도저히 울음을 멈출 수 없었다. 믿음과 불안, 희망과 좌절 사이를 오가던 내 마음을 티 내지 않기 위해 작동 중이던 평정심이 고장 난 것 같았다. 그런 내게 간호사 선생님은 여기 있는 의사 선생님들이 최고라며 여기서 못 고치면 대한민국 어디서도 못 고치는 병이라고, 어머니 괜찮으실 거라고 말씀해 주셨다. 그제야 나는 비로소 안심이 됐다.

오랜 기다림 끝에 들어가게 된 진료실에서 의사 선생님이 엄마에게 몇 가지 질문을 했는데 엄마는 아무 대답도 하지 않았다. 자신의 이름도, 여기가 어딘지도 모르는 것 같았다. 그런데 옆에 있는 사람이 누구냐는 질문에 엄마가 대답을 했다.

"아들." 나쁜 대답이었다. 엄마는 자신의 이름을 먼저 말했어야 했다. 나는 엄마의 대답이 속상했다.

이후 몇 가지 검사를 추가로 받았지만 결과는 마찬가지였다. 의사 선생님은 현재 입원할 수 있는 자리가 없고 이런 증상에는 익숙한 공간이 도움이 될 수 있으니 집에서 엄마를 돌보길 권유하셨다. 그렇게 집으로 엄마를 데리고 오자 내게 일어난 이 일이 현실이라는 게 새삼 실감이 났다. 잠든 엄마를 바라보며 나는 속으로 '이겨내라, 제발 이겨내라.' 생각했다. 그러고는 기도했다. 나는 무교이지만 제발 한 번만 더 기회를 달라고, 이렇게 엄마를 데려가는 건 아니지 않냐고 신을 찾았다. 기도의 끝마무리를 어떻게 해야 할지 몰라 속으로 '아멘, 할렐루야, 나무아미타불, 나마스테.' 내가 아는 기도에 쓰일 법한 모든 말들을 떠올렸다. 종교 대통합이었다.

나는 며칠을 엄마의 식단과 혈당을 관리하면서 마치 아이의 말문을 틔우려는 부모처럼 다가가 아무거나 물어봤다. 평소라면 꺼내지도 않았을 시답잖은 말을 건네고, 낯부끄러워 하지 못했던 이야기들도 했다. 그렇게 3일 정도 지났을까. 엄마가 자다가 갑자기 일어나서 울기 시작했다. 자신이 왜 이런지 모르겠다며, 바보가 된 것 같다고 울었다. 나는 괜찮다며 엄마를 다독여줬다. 엄마는 5분 정도 더 울다가 다시 잠이 들었다.

자고 일어날 때마다 엄마는 조금씩 내가 원래 알고 있던 엄마의 모습으로 돌아왔다. 그리고 집에 돌아온 지 딱 일주일이 됐을 때 드디어 엄마는 평소와 다름없어 보이게 되었다. 엄마는 내가 겪은 조마조마했던 며칠간의 일들을 기억하지 못했다. 나는 그간 있었던 일들을 설명해주었다. 내 이야기를 곰곰이 듣던 엄마는 그제야 뭔가 깨달았다는 듯 이야기를 꺼냈다. 엄마는 나와 어딘가로 걸어가는 꿈을 꿨다고 한다. 내가 손을 계속 잡고 걸어서 그냥 나를 따라다녔는데 어느 순간 문득 자신이 죽었고, 그래서 아들이 마지막 가는 길을 배웅해 주는 거라 생각했다고 한다. 하얗고 큰 공간에 들어와 있는 게 꼭 천국으로

가는 길 같았단다. 그런데 그 공간에서 이상하다고 생각한 게 하나 있었다고 한다. '어, 난 불교인데 왜 성모 마리아상이 내 앞에 있지.'라고 생각했단다. 나는 가톨릭대학교 은평성모병원 로비에 있던 성모 마리아상을 떠올리며 웃음 지었다.

이윽고 엄마의 몸 상태를 자세히 알게 되었다. 과거에 몇 차례 엄마를 응급실에 실려 가게 만든 범인의 척추 넘버는 1번, 5번이었다. 4번도 죄질이 좋지 않았다. 당뇨는 말할 것도 없었고 이명과 녹내장이 있었으며 폐에는 작은 구멍 같은 게 보여 주기적으로 관찰이 필요했다. 근육도 부족해 계단 오르는 걸 힘들어했다. 특단의 조치가 필요해 보였다. 나는 생각에 잠겼다. 그리하여 엄마가 최소한 일상이라도 제대로 보낼 수 있도록 도와주자는 결론에 이르렀다. 나는 1년 정도의 내 인생을 엄마를 위해 사용하기로 했다.

효자는, 모르겠다. 내가 효자 코스프레라도 하다가 훗

날 보상 심리가 생기지 않을 거라는 장담도 할 수 없으니 나는 효자가 되기는 싫다. 오히려 후자에 가깝다. 내가 성인이 될 때까지 엄마는 나에게 투자하였으니 최소한 원금이라도 보장받아야 하지 않겠는가. 그에 비하면 1년은 충분히 남는 장사다. 1년 뒤에도 원금이 남아있다면 일단 급한 불은 껐으니 매달 이자만 납부하고 원금은 나중에 한꺼번에 준다고 우기면 된다. 기분이다. 인플레이션을 고려해 당시 금액을 지금의 가치로 환산해 갚아주자.

엄마 역시 자신이 죽음의 문턱에서 돌아온 거라고 생각해 새로운 삶을 시작할 의지를 다졌다. 나와 함께 매일 헬스장에 나가 운동을 했고 식단과 혈당 관리를 철저히 했다. 그렇게 100일 정도 지났을 때 엄마는 내가 참견하지 않아도 스스로를 돌보고 있었다. 나는 그런 엄마를 보면 기분이 좋아 종종 엄마의 삶에 지분이라도 가진 사람처럼 깐족대며 지분거렸다.

그 일로부터 2년이 흐른 지금 엄마는 15kg 넘게 증량을 했다. 근육이 붙고 몸이 건강해지니 자신감도 생긴듯하다. 사용하는 언어도 나를 닮아가는 건지 조금 쿨해졌는데 가끔은 좀 귀여워 보이기도 한다.

엄마 덕분에 나도 건강해졌다. 체지방은 10%를 찍었고, 러닝머신 위에서 1시간을 달려도 거뜬하다.

헬스를 다니기 시작한 초반 무렵에 한 번은 엄마가 옆자리에서 러닝머신을 켜지 못하고 있던 또래 여성분한테 작동법을 설명해 주다 넘어진 일이 있었다. 걷는 정도의 속도였는데 다리에 힘이 없으니 균형을 잡지 못하고 하찮게 넘어진 것이다. 자신의 몸도 제대로 가누지 못하면서 친하지도 않은 사람을 왜 도와주려 애쓰는지 하는 생각이 들었지만 그게 엄마였다. 자신의 실속은 챙기지 못하고 주변 사람을 챙기는 모습이 참 엄마답다고 생각했다. 나는 다가가 엄마를 일으켜줬다.

나는 좀 오해하고 있었던 것 같다. 사실 엄마의 다정함이 생존에 별로 좋은 능력이 아니라고 자주 생각했었다. 그런 건 자본주의의 한국에서 살아감에 있어 남 좋은 일만 시키는 거라 여길 때가 많았다. 그러나 그 수혜를 입고 자란 나는 이제 알고 있다.

삶에 큰일이 생길 때면 나는 내가 강한 사람이라는 걸 알 수 있었다. 엄마가 물려준 강함이었다.

누구보다 강한 생명력으로 자신과 자신의 사람을 오래도록 지켜낸 이 사람의 남은 삶이 평안해지길 나 또한 오래도록 바랄 것이다.

무사히 걸음마를 떼고 3살이 된 엄마는 오늘도 헬스장으로 향한다.

P.S. 고금리 시대다. 몸도 마음도 어느 때보다 건강한 엄마에게 금리인하요구권을 한번 신청해 볼까.

반

지

하

가

족

12

"꼭 당장이 아니더라도 언젠가는
사회가 요구하는 가치와
개인의 가치를 구분하여 추구할 수 있는
유연한 사람으로 자랄 수 있을 거라 나는 생각한다."

기억이 존재하기 시작한 5살 즈음의 유년 시절부터 21
살 군대 전역 후 집을 얻어 독립하기까지 내가 이사를 겪
은 횟수는 총 9회이다. 고모네, 외삼촌네, 엄마가 일하던
식당 건물 옥탑방에서 신세 진 것까지 포함하면 모두 열
두 번의 이사를 한 셈이다. 그리고 얹혀산 세 곳을 제외한
아홉 곳의 집 중 일곱 곳이 반지하였으며 월세였다. 이것
으로 내 어릴 적 가족의 재정 상황은 충분히 설명되었으
리라 믿어 의심치 않는다.

　　나의 부모님은 돈 문제로 다툼이 잦았다. 택시 기사였

던 아버지는 퇴근 후 술을 마시지 않고 들어오는 날이 드물었고, 술을 마신 날은 엄마에게 돈을 주지 못했다. 돈을 주는 날은 엄마와 아버지의 사이가 좋은 날이었다. 나는 IMF 키즈였으므로, 그 시절 많은 부모들처럼 나의 부모님 또한 오래도록 신용불량자 신분으로 살아갔다. 사실 IMF 탓이라기보다는 'I, Mother, Father.' 세 사람의 문제로 보는 게 더 적절했을 것이다. IMF를 맞이하며 아버지는 가족 중 가장 먼저 신용불량자가 되었고, 이윽고 엄마의 명의로 신용카드를 만들어 쓰면서 엄마까지 신용불량자가 되었다. 때문에 우리 집 물건들에 소위 '빨간딱지'가 붙어 친구들을 초대하기 부끄럽게 여긴 나였지만, 세월과 함께 생각이 자라고 숱한 이사에 빨간딱지가 훼손되거나 떨어져 나가면서 스스럼없이 친구들을 데려올 수 있었다.

처음엔 우리도 2층 전셋집에서 살았었다고 한다. 그러나 엄마가 나를 뱃속에 품었을 때 횡단보도를 건너다 뺑소니 사고를 당했다. 병원에서는 나도 위험하고 엄마도 위험한 상황이라 두 사람 중 한 명은 못 살릴 것 같다고 말했지만 천만다행으로 두 사람 모두 살 수 있었다. 기적적이기까지 했던 상황이었는지는 모르겠다. 이후에 범인이 잡혀 거액의 합의금을 지급받았고 엄마는 아버지에게 그 돈으로 경기도 화정에 땅을 사두자고 했으나 아버지는 그 돈으로 경마를 했다. 내가 백말띠로 태어났기 때문인지 아버지는 경마를 좋아했다. 하지만 아쉽게도 말을 고르는 솜씨는 없었던 모양이다. 아버지는 말실수와 더불어 여러 실수를 저질렀고 그렇게 우리 집은 전세에서 월세로, 2층에서 1층으로, 1층에서 지하로 내려만 갔다.

내가 초등학교 6학년 때 살았던 집은 '완지하'였다. 나머지 집들은 그래도 반지하라고는 불렸는데 그곳은 도저히 반지하로 불릴 수 없는 완전한 지하였다. 보통의 반지하 계단 수보다 세배 정도 더 되는 계단을 내려가야 집으로 들어갈 수 있었다. 아버지는 항상 가족들에게 계단을 조심하라고 이야기했으면서 정작 본인이 술을 드시고 계단에서 굴러떨어져 이가 깨졌다. 그때 나는 차라리 그 정도만 다친 게 다행이라고 생각했다. 겨울이면 가족 모두

한 번씩은 계단에서 미끄러져 상처를 입었고, 여름이면 집 밖에 있는 재래식 화장실에 구더기가 들끓었다. 그리고 그 구더기를 처리하는 것은 엄마의 몫이었다. 나는 그저 '으'하는 소리와 함께 엄마를 응원하며 서울에 재래식 화장실을 쓰는 집이 얼마나 있을까 생각했다.

그해 겨울에 아버지는 크리스마스 선물이라며 내게 야구 방망이를 사다 주었는데, 엄마는 빚쟁이가 쳐들어올까 봐 산 거면서 내 선물이라 말하지 말라고 아버지를 나무랐다. 나는 축구를 좋아했기 때문에 그 방망이는 한 번도 들고 나가지 않았다. 어차피 글로브도 없었다.

엄마와 아버지는 유독 그 집에 살 때 많이 싸웠다. 어른들이 싸우는 걸 애써 숨겨도 아이들은 항상 그들의 생각보다 많이 알고 있는 것 같다. 당최 그런 능력이 어떻게 계발되는 건지, 나는 대화를 듣지 않아도 집에서 느껴지는 공기의 밀도나 부모의 눈빛 같은 것들을 통해서 그들의 사이를 짐작할 수가 있었다. 물론 대부분의 싸움은 아버지에게서 비롯된 것이었다. 아버지는 내가 집에 있을 때도 집 안 이곳저곳을 뒤적이며 자주 무언가를 찾았는데, 그러고 있는 아버지에게 "아빠 뭐 해?"라고 내가 물어보면 아버지는 대수롭지 않게 아무 일도 아니라고 대답하곤 했다. 그중 몇 번은 나에게 네 엄마가 돈 보관해 둔 곳을 아냐고 물어보기도 했다. 나는 엄마의 비상금이 대충 어디쯤 보관되어 있는지 알고 있었지만 모른다고 대답했다.

그럼에도 불구하고 아버지는 그걸 찾아냈고, 그런 날엔 엄마와 아버지가 경찰이 충돌할 만큼 시끄럽게 싸웠다. 싸울 때면 논리적으로 따졌던 엄마에 비해 아버지는 소리를 지르거나 난폭한 행동을 했으므로 나는 언제나 아버지가 잘못한 거라고 생각했다. 나는 어렸을 때부터 엄마의 편을 들어주고 싶었다.

내가 고등학생이 될 때까지도 우리 집에는 문제가 끊이지 않았지만 그와 별개로 나의 학창 시절은 평탄했다. 그 사이 부모님은 두어 번 정도 이혼을 시도했는데 어쩐

일인지 헤어지지 않고 계속 같이 살았다. 나는 중학생이 된 즈음부터 더 이상 부모님이 같이 살 필요는 없을 것 같다고 생각했다. 아니, 오히려 이혼을 해도 각자 잘 살 수 있다면 권유라도 해주고 싶은 마음이었다.

하여 나는 이혼의 여부와 관계없이 그저 부모가 건강한 사고로 성실한 삶을 꾸려가는 모습을 자식에게 보여주면 된다고 생각하는 사람으로 자라났다. 설사 주변에서 결손 가정이라고 손가락질을 하더라도, 그 탓에 버거운 학창 시절을 보내더라도 그런 부모를 보고 자란 아이는 최소한 자신의 부모가 주변에서 규정하는 것처럼 불행하거나 피해야 할 사람이 아니라는 걸 감각으로 느끼게 될 것이다. 그럼 그 아이는 꼭 당장이 아니더라도 언젠가는 사회가 요구하는 가치와 개인의 가치를 구분하여 추구할 수 있는 유연한 사람으로 자랄 수 있을 거라 나는 생각한다.

나는 운이 좋았다. 다행스럽게도 내가 살고 있던 그 당시 은평구에는 브랜드 아파트라 할 것이 없어서 친구들이 서로 아파트 비교를 하며 계급을 나눈다거나 하는 일도 없었다. 초등학교 5학년이 되었을 때 동네에 이마트가 생겼고, 반 애들은 이마트 지하 1층에 가면 음식을 공짜로 먹을 수 있다며 서로 알려줄 뿐이었다. 나와 친구들은 동네를 목적 없이 돌아다니다가 이마트 시식 코너를 돌며 배를 채웠고, 입가심으로는 자판기 우유를 뽑아 마셨다. 거진 그러고 놀았기에 거지라며 놀리는 애들도 없었다. 그런 애들은 선생님들이 혼쭐을 내줬다.

첫

직

장

13

"문득 나는 나의 가격이 얼마일까 생각해 보다가
내가 책임지고 싶은 존재들을 떠올렸다."

스물여섯 때의 나는 미래를 고민했다. 내가 음악을 계속해도 될지, 아니 계속할 수 있을지 의문을 품던 시기였다.

　　그때까지 나는 돈 버는 일로 카페 일을 주로 해왔기에 다른 일도 경험해 보고 싶은 마음이 있었다. 어차피 매달 적지 않은 돈이 필요한 상황이니 한 번쯤은 직장인 체험을 해보는 것도 나쁘지 않을 것 같았다. 그렇게 금융업을 하는 대기업의 파견직을 지원했다. 면접에서 인상 좋은 할아버지 같은 분과 딱 봐도 금융인일 것 같은 분이 함께 나와 이것저것 물었고, 다음 주부터 출근해 달라는 말로써 나는 면접과 동시에 합격 통보를 받게 되었다. 나중에 알고 보니 이미 내 전에 누군가 뽑혔었는데 그 사람이 인수인계 기간 도중 그만두게 되었고, 그 탓에 전임자 퇴사가 며칠 남지 않은 상황에서 새로운 사람을 부랴부랴 뽑아야 했던 것이었다. 세전 150만 원, 9시~18시 근무, 최장 2년 동안 재직 가능한 조건이었다. 그마저도 3개월 수습 기간으로 일해보고 사측에서 동의하면 1년 단위로 연장하는 거였다.

나는 출근 전부터 2년 후 28살이 된 내가 무엇을 하고 있을지 생각해 보았는데, 역시나 음악으로 돈을 벌고 있는 내 모습을 상상하기엔 가시성이 부족했다. 그렇다고 이 곳에 뼈를 묻을 각오로 다니기엔 남는 장사가 아니었으므로 나는 철분 수치를 넉넉히 유지한 채 직장 생활을 할 수 있었다. 눈치 보지 않고 칼퇴를 시행했고, 커리어라던가 전문성 같은 단어는 나와 상관없는 이야기였다.

파견직의 입장을 공감하시는지 차장님은 파견 직원들에게 여기서 돈 벌면서 빨리 다른 것들 열심히 준비하라는 말씀을 자주 해주셨다. 알고 보니 면접 때 나온 인상 좋은 할아버지 같은 분이 차장님이셨다. 정년퇴직을 앞두고 계셔서 그런지 뭐랄까, 이미 인생의 봉우리를 넘어 내려오는 길을 즐기고 있는 것 같아 보이는 분이셨다. 나는 '차장님은 당연히 대졸이시겠지.'라는 생각을 무의식적으로 갖고 있었는데, 언젠가 차장님은 사실 자신이 중졸이라는 얘기를 하셨다. 그때 나는 '그 시절엔 중졸이 대기업에도 들어올 수 있었구나.' 생각했다. 또 차장님은 퇴직하면 시골에 내려가서 살려고 땅도 봐뒀다는 이야기, 2억만 있으면 베트남에서 여유롭게 살 수 있으니 얼른 돈 모아서 베트남으로 가라는 우스갯소리도 종종 하셨다.

'2억만 있으면……'

나는 2억 뒤에 '만'이라는 글자가 붙는다는 게 좀 이상하다고 생각했다. 아니 어쩌면, 계속 이렇게 집값이 오르다 보면 언젠가는 아이들이 용돈 달라고 할 때 '엄마 나 2억만.'이라고 하는 날이 올지도 모르겠다. 그렇게 되면 2억만이라는 소리가 비로소 자연스럽게 들릴 것이다. 억 소리

나도록 앞뒤 가리지 않고 케이블카에 실려 빠르게 올라가
는 사람들을 바라보며 나와 내 친구들은 이제 막 등산로
입구를 묵묵히 걸어 올라가고 있다.

나는 프로세스 운영부에서 각종 사무 업무와 고객들
로부터 반송된 카드를 보관하고 폐기하는 업무를 했다.
지금은 친한 동생이자 당시 내 선임이었던 한솔이가 옆에
서 잘 알려준 덕분에 문제없이 적응해 나갈 수 있었다. 한
솔이는 그냥 내가 잘한 거라고 이야기하지만 나는 직장에
서 누구를 만나는지가 삶의 질을 결정하는 중요한 문제라
고 생각한다. 이곳에서도, 한샘에서도, 한솔이와 함께 일
할 수 있어서 다큐멘터리라 생각했던 내 인생이 자주 시
트콤처럼 느껴졌기 때문이다. 그렇게 매일 똑같은 루틴을
반복하는 평화로운 지겨움 속에서 한솔이와 바보짓을 함
께한 지 3개월쯤 되었을 때 팀장님이 나를 부르셨다. "도
급 직원으로 일해볼래요?"

팀장님은 내가 도급 직원으로 일하기를 제안했다. 프

로세스 운영부에는 카드 발급기가 있는 별도의 공간이 있었는데, 그곳에 도급 직원들이 발급 팀원으로 일하고 있었다. 도급직이 되면 다른 업무를 하게 되지만 일하는 시간은 같았고, 무엇보다 월급이 60만 원가량 많다고 했다. 원래는 한솔이에게 먼저 제안이 들어갔었는데 서서 일해야 하는 도급 업무의 특성 탓에 발이 아팠던 한솔이가 나에게 양보한 거였다. 나로서는 안 할 이유가 없었다. 이렇듯 때때로 사람들은 누군가의 선의를 통해 얻은 기회로 더 나은 삶을 살아가게 되고는 한다.

얼마 후 나는 카드 발급기를 운용하는 발행 담당 도급직이 되었다. 일은 단순했지만 까다로웠다. 카드를 신청한 고객들의 정보가 담긴 파일을 선택하고, 카드 자재를 알맞게 집어넣고, 기계를 통과해 나온 카드가 제대로 만들어졌는지 확인하는 일이었다. 이렇게 글로 정리하니 더 별거 아닌 일 같은데 이 기계가 생각보다 자주 오류가 발생했다. 더구나 사람이 하는 일인지라 카드의 종류와 수량, 순서가 파일의 내용과 맞지 않는 경우도 비일비재했다.

발급팀은 각 파트끼리 뭉쳐 다른 파트와 기 싸움을 자주 벌였고, 같은 파트 원끼리도 텃세를 부린다거나 신경전을 하는 일이 잦았다. 그런 것을 조장하는 몇몇 사람들이 있었다는 표현이 아무래도 더 적절할 것 같다. 그리고 나는 그때도 그것이 본인들의 권력과 관련된 행위라는 걸 인식하고 있었다. 익숙한 광경이었다. 사람은 이따금 스스로를 발전시키기보다 다른 사람을 곤경에 빠뜨림으로써 자신의 입지를 강화하려고 한다. 무의식적으로라도 그 편이 자기가 발전하는 것에 비해 더 즉각적이고 분명하며, 수월하다고 느끼기 때문인지 모르겠다. 이 과정에서 상대의 잘못을 끄집어내 자신의 행위에 타당성을 부여하는 일도 일어난다. 물론 이것은 나에게도 있는 면모일 것이다.

나는 이 일을 하면서 내가 어떤 환경에서든 내 방식의 최선을 찾으려는 고집이 있다는 걸 알았다. 적어도 내가 하고 싶은 일들은 알 수 있었다. 나의 업무에서 실수를 최소화하는 것, 다수가 무시하는 사람이라고 함께 무시하지 않는 것, 그에게 한 번이라도 더 말을 걸어 그의 생각과 행동을 이해하고 업무에 좋은 영향을 끼칠 수 있도록 조용히 응원해 주는 것. 그러나 막상 이것들을 실천하는 건 쉬운 일이 아니었다. 초등학교 때 배울 법한 이토록 평범한 일마저도 나에게는 적지 않은 노력과 용기가 필요한 일이었다. 가끔은 시류에 휩쓸려 그러지 못하는 날도 있었다.

파트별로 협동해야 하는 일의 특성상 어쩔 수 없이 오해받을 일은 생겼는데, 사람들은 책임 소재를 분명히 하기 위해 서로 비난하거나 싸우기도 했다. 기계 소리 때문에 큰 소리를 내도 잘 묻히는 싸우기에 좋은 환경이었다. 나는 나에게도 가끔 생기는 오해들에 대해 딱히 반박하지도 마냥 기죽어 있지도 않았다. 모두 나보다 연장자들이었으며 그들과 싸워서 이길 자신이 없었다. 오해를 잘 견디는 편이기도 했다. 아무래도 군대에서의 경험이 도움이 되는 것 같았다. 나는 단지 내게 정해진 업무량을 충실히 소화했고, 대부분의 형들은 나를 예의 바르고 일 잘하는 놈이라고 생각해 주는 것 같았다. 내가 회식에 참여하지 않아도 그러려니 했다.

한 번은 발급팀 안에서 함께 근무하던 과장님이 나에게 진지하게 이런 이야기를 해주었다. "누구나 고고하게 살고 싶어 해. 나도 젊었을 때는 고상하게, 우아하게 살고 싶었어." 아마 과장님 눈에는 내가 고고해 보였던 것 같다.

내가 퇴사하던 날 과장님은 2차 회식으로 LP 펍에 데려가 술을 사주셨다. 본인의 이야기를 들려주셨는데, 나는 그때 과장님이 까마득한 어린 시절과 꿈을 아직 기억하고 이야기한다는 게 인상적이었다. 취기 탓이었는지 기억의 왜곡인지는 알 수 없지만 그날 과장님의 표정이 참 좋았던 걸로 기억되어 있다.

2년 후 나는 한샘에서 일을 하면서 과장님처럼 고고함과는 담을 쌓게 되었다. 책임을 떠넘기려고 작정한 사람들과는 대화가 통하지 않았고, 나는 부당한 피해를 입지 않기 위해 힘주어 말하며 싸워댔다. 이미지 트레이닝을 많이 해와서인지 꽤 잘 싸울 수 있었다.

도급직 시절 나를 못살게 굴던 어떤 형은 마냥 나를

싫어한다기보다는 뭐랄까, 나에게 기특함과 고마움을 지니고 있는 것 같았다. 그 형에게 퇴사 선물로 니트를 받았었는데 나는 그 옷이 작아서 백화점에 들러 다른 옷으로 교환을 했다. 꽤 비싼 옷이었다. 기계가 나보다 비싸니까 조심히 다루라고 이야기한 까칠했던 그 형은 지금 본인을 어떻게 다루고 있을까. 문득 나는 나의 가격이 얼마일까 생각해 보다가 내가 책임지고 싶은 존재들을 떠올렸다.

싱어송라이터

계약

14

"이제 와 나는 내가 발 딛고 살아가는 곳을 자각하며
최대한의 행복을 찾기 위해 노력하고 있다.
소리 없이 찾아올 불행에 나를 유지하기 위해 애쓰면서,
내 가족이 무너지지 않도록 지키면서."

스물일곱에서 스물여덟으로 넘어가는 겨울이었다. 대기업 금융회사에서 도급 직원으로 일하다 다시 백수가 된 나는 음악을 만들었다. 음악만 만들었다. 3개월 동안 음악을 만들어 엔터테인먼트 회사에 돌려보고 연락이 안 오면, 그때는 정말 음악을 포기할 생각이었다.

십수 년간의 반지하 생활 덕분에 지하 작업실에서 계속 지내면 골병이 들 수 있다는 걸 알았던 나는, 끈질긴 검색 끝에 창문 달린 3층 작업실 방을 월 25만 원에 얻을 수 있었다. 친구들에게는 3개월 시한부 판정을 받은 사실을 이야기하고 단톡방에서 나갔다. 어차피 내 친구들은 대부분 은평구에 포진해 있던 터라 영등포에 얻은 내 작업실로 오는 것을 고사할 녀석들이지만 나름대로 배수의 진을 친 것이었다. 그럼에도 가끔은 내가 생각나 연락했다는 전화를 한 번씩 해줬으면 좋겠다고 생각했다.

열악한 돈과 시간 속에서 목표를 달성하는 일은 충분히 익숙했지만 마지막이라고 생각하니 더 절실했다. 그때나 지금이나 나는 시간을 제대로 사용하지 못했다고 느낄 때 유감스럽다. 다른 점이 있다면 예전에는 시간을 공유한 대상에게 내 감정이 드러났고 지금은 주체적으로 감정을 다스릴 줄 안다는 것이다. 지금 할 수 있는 일을 충실히 하면서 내가 제어할 수 없는 시간이 발생할 수 있다는 걸 인정하는 것만으로도 부정적인 감정의 많은 부분이 해소된다. 시간보다는 덜하지만 돈도 그렇다. 그런 의미에서 가성비 위주 식사를 하던 그때 나에게 한솥도시락에서 사 먹던 돈가스 카레는 최고의 만찬이었다. 계란프라이 추가는 소소한 사치였다.

밥 먹으면서 뉴스를 볼 때면 세상이 비현실적으로 느껴지곤 했다. 연일 박근혜-최순실 게이트 관련 보도가 나오던 시기였다. 내가 온전히 통제하고 있는 작업실 바깥으로 통제력을 잃은 것 같아 보이는 사람들이 활개쳤다. 나라 전체가 어수선한 분위기라니까 나는 내심, 나만 혼란스러운 건 아니구나 싶어 묘한 안도감을 느끼기도 했다. 또 나는 속으로는 당장 나 하나 돌보기도 버겁다고 생각하면서, 밥 먹고 의자에 가만히 앉아만 있어 속이 불편한 건지 다른 이유로 속이 불편한 건지 어찌 됐든 무엇이든 편해지고 싶은 마음으로 광화문에 외출을 다녀오곤 했다.

3개월은 빠르게 지나갔다. 내공이나 기술력은 부족했지만 집요하게 달려들다 보니 음악을 완성시킬 수 있었다. 나는 마스터링까지 완료된 세 곡을 CD로 구워 엔터테인먼트 회사들에게 등기 우편으로 보냈다. 아무래도 이메일로 파일을 보내는 것보다는 실물을 받아보는 편이 더 들어볼 확률이 높지 않을까 생각했기 때문이었다. 그리고 얼마 후 몇 곳에서 연락이 왔다. 수취가 되지 않았다는 우체국의 연락이었다.

다행히 한 군데에서는 진짜 연락이 왔고, 몇 차례 그 회사에 방문해 이야기 나눈 끝에 계약을 할 수 있었다. 대표님 부부와 직원 3명이 있는 업력이 오래된 곳이었다. 내가 아는 뮤지션들도 몇 있었다. 대표님은 근래 이룬 성과에 자부심이 있는 것 같은 눈치였다. 드라마 도깨비의 OST 세 곡을 본인 회사 뮤지션들이 불렀으며 한 곡은 차트 상위권에 올라갔다는 이야기를 대표님에게서 들을 수 있었다. 나는 '혹시 나에게도 곧 그런 일이 생기는 거 아닐까.' 내심 기대하는 마음이 들었다.

이후에 나는 그 이전보다 더 열심히 생계를 유지하게 되면서 음악을 쳐다보지 않았다. 노력을 하지도 않고, 그렇다고 희망을 버리지도 못하는 총체적 난국의 상태였다. 나는 나를 질책했다. 음악에 시간을 쏟지 못하는 여러 이유만 늘어놓는 내 몸뚱이와 전두엽을 한심하게 여겼다. 그래서 좀 아팠던 것 같다. 그간 내가 노력한 것, 지켜내고 있는 건 생각하지 않고 자꾸 갖고 싶은 것만 생각하면서 불명확하게 구니까 내 신체 기관들이 그러다가는 정말 큰 일이 날 거라는 걸 알려주기 위해 일종의 팬데믹 선언을 해주었나 보다.

이제 와 나는 내가 발 딛고 살아가는 곳을 자각하며 최대한의 행복을 찾기 위해 노력하고 있다. 소리 없이 찾아올 불행에 나를 유지하기 위해 애쓰면서, 내 가족이 무너지지 않도록 지키면서.

그렇다고 내가 음악을 포기했다는 것은 아니다. 단지 한차례의 팬데믹 후 다시 세워진 질서에 대해 이야기하는 것이다. 덕분에 내 하루는 빠듯하고, 치열하고, 다행이다.

커피

자
전
거

"당시 내가 한 짓에 어떤 의미가 있는지
의식하고 행동한 건 아니었으나
나는 즐거움과 생존의 균형을 맞춰보는 일종의
실험을 한 셈이다."

엔터테인먼트 회사와 싱어송라이터 계약을 하고 음원 발매를 기다리고 있는 시기였다. 수중에 150만 원 정도의 돈이 있었다. 바로 취직을 하기는 싫고, 이 돈으로 뭘 해볼 수 있을까 생각하다 어딘가에 고용되지 않고 돈을 벌어보는 경험을 해봐야겠다고 생각했다. 당시 내가 한 짓에 어떤 의미가 있는지 의식하고 행동한 건 아니었으나 나는 즐거움과 생존의 균형을 맞춰보는 일종의 실험을 한 셈이다. 한 번쯤 해보고 싶던 카페 창업에 앞서 프로토타입을 개발해 본 것인지도 모르겠다.

우선, 나는 무엇으로 돈을 벌 수 있을까 생각하다 푸드 트럭을 떠올렸다. 대충 생각해도 150만 원으로는 어림없었다. 그러다 푸드 오토바이를 떠올려냈다. 역시 어림없었다. 어느새 생각은 푸드 자전거에까지 이르렀고, 그런 게 있을까 반신반의하며 푸드 자전거를 검색해 보았다. 있었다. 문제가 있었다. 푸드 자전거를 찾긴 찾았는데 제일 저렴한 모델도 200만 원이 넘는 것이었다.

그렇다면 직구는 얼마일까 생각하며 외국 사이트들을 뒤진 끝에 중국 인터넷 쇼핑 사이트인 알리바바에서 마땅한 가격의 물건을 찾았다. 가격은 530달러였다. 그런데 나는 그것을 구매하기도 전부터 얼굴이 달아오르는 느낌이 들었다. 이걸 타고 도로를 질주하면 사람들이 쳐다볼 것이 분명했기 때문이다. 어쩐지 대한민국에서 나만 가지고 있는 자전거가 될 것 같았다. 아마도 조만간 나의 조상 문익점의 목화씨 보급 업적의 결을 이어받아 푸드 자전거 보급에 크게 기여하거나, '세상에 이런 일이'에 나오거나 둘 중 하나는 되지 않을까 싶었다.

그럼에도 푸드 자전거를 구매하기로 마음먹은 건 내가 부정적인 감정을 깨고 나오는 일에 무의식적인 의무감 같은 걸 가진 사람이라 그랬던 것 같다. 내 사고의 알고리즘은 어떤 상황에 직면했을 때 '왜지? 이게 맞아?'를 먼저 떠올리는 방식으로 진행되곤 했다. 학교에서도, 군대에서도, 직장에서도 그랬다. 태생적으로 반골 기질이 있는 건지도 모르겠다. 그래도 이런 부분이 내가 깊은 시선을 가지고 창의적인 사람으로 나아가는 데 많은 도움이 되고 있다고 생각한다. 이후에 우연히 우아한형제들의 COO 한명수 님의 강연 영상을 보게 되면서부터 나는 질문 방식을 의식적으로 '이거 왜 이래? 이거 언제부터 이랬어? 이거 꼭 이래야 해?'로 확장해 사용하게 되었다. 현재와 과거, 미래를 모두 고민하게 만드는 좋은 성찰 방식이라고 생각한다.

나는 여러 상황을 고려해 음식이 아닌, 내가 좋아하고 익숙했던 커피를 판매하기로 결정하고 푸드 자전거를 커피 자전거로 개조하기로 했다. 그리고 전기 없이 할 수 있는 것들을 전제로 놓고 생각해 보았다. 자전거에 업소용

생맥주 타워를 설치한 뒤 미리 만들어 놓은 콜드브루에 질소를 투입해 따라주는 방식으로 장사하는 게 제일 효율적일 것 같았다. 지금은 니트로 커피라는 이름으로 많이 알려져 있는데 당시엔 드롭탑을 제외하고는 판매하는 곳을 찾기 힘들 때였다. 한국에는 정보가 부족해 유튜브와 외국 사이트를 참고하며 필요한 정보를 수집했다. 얼마 후 질소통, 케그, 드래프트 타워, 관련 부속들을 아마존에서 주문한 나는 '이게 맞아?'를 속으로 읊조리며 제발 내가 문제없이 구매한 게 맞기만을 기도했다.

커피 자전거를 만드는 일은 크고 작은 우당탕의 연속이었다. 자전거를 530달러 주고 샀는데 관세와 배송비가 30만 원이 넘게 들었고, 자전거가 담긴 상자 부피가 커서 집으로 받지 못해 급하게 자전거 가게를 섭외했다. 질소통은 구매했는데 질소 가스를 충전할 곳을 찾기 어려웠고, 아마존에서 배송받은 제품은 뒤죽박죽 섞여 내가 커피 자전거를 만드는 건지 1,000피스 퍼즐을 맞추는 건지 헷갈리게 했다. 그런데 그게 재미있었다. 어쩌면 나는 장사를 하고 싶은 마음보다 홀로 그것을 준비하는 과정을 겪어보고 싶었던 마음이 더 컸던 것 같다.

커피 자전거를 준비하던 중에 나는 우연히 '푸드 바이크 창업 공모전'이라는 걸 개최한다는 사실을 알게 되었다. 벚꽃축제 행사에 참여할 수 있고 제작비 지원도 해준다길래 공모전 지원을 해둔 뒤 행사일 전까지 자전거를 서둘러 완성해야겠다고 생각했다. 이윽고 내가 공모전에 당선되었다는 소식을 전달받았고, 완성된 자전거를 뿌듯해하며 제작비 지원 관련 내용을 살펴보던 나는 뭔가 잘못됐다는 걸 감지했다. 자전거를 만든 후에 지원금을 받는 게 아니라 지원금을 받아서 자전거를 만들어야 되는 거였다.

나는 그렇게 또 교훈을 하나 얻었다. 무언가를 하기 위해서는 최대한 사전에 많이 알아두어야 한다는 것. '사전'이 붙은 것들은 다 중요하다. '사전 정보, 사전 예약, 사전 청약.' 사전에 알아보지 않고 나처럼 닥쳐서 준비하다 보면 노심초사 전전긍긍하게 될 수 있는 것이다.

내가 주최 측에 이미 사비로 제작했다고 이야기하니 주최 측은 공모전 당선 전에 구매한 부분은 지원이 어렵고, 당선 이후 제작비에 대해 지원해 줄 수 있다고 했다. 덕분에 내 커피 자전거는 센터 드라이브 모터를 장착한 초강력 전기 자전거가 되어버렸다. 언덕길에 자전거에서 내려 끙끙대며 끌고 올라가지 않아도 되는 순간이었다.

모든 준비를 마치고 벚꽃축제 행사에 앞서 테스트 겸 장사를 해봐야겠다고 생각한 나는 며칠 동안 상암동에 자리를 잡고 커피를 판매했다. 질소 가격을 감안하면서 싸지도 비싸지도 않다고 느낀 3,000원으로 가격을 책정했다. 그리고 마침내 장사를 시작한 나는, 어찌 됐든 카페인데 호객 행위를 하는 것도 이상하고 그렇다고 가만히 서서 사람들을 쳐다보는 것도 이상한 것 같아 독서를 했다. 어디선가 사람들이 나를 쳐다보고 있는 것만 같아 책에서 눈을 떼지 못했던지라 책이 술술 잘 읽혔다. 그러니 누군가 독서에 집중하고 싶다면 사람들의 관심을 벗어나지 못하는 상황에서 한번 시도해 보시길 추천한다. 다만 시기는 잘 선택해야 한다. 당시엔 아직 봄이 오지 않아 쌀쌀했던 터라 손이 얼어 책 페이지를 2장씩 넘기기 일쑤였다.

다행히 정체를 알 수 없는 나의 요상한 행위 예술에도 찾아와 주신 손님들이 있었다. 아마도 요상해서 찾아왔거나, 나를 응원해 주고 싶어 찾아왔거나, 세상에 이런 일이 제작진이거나 하지 않았을까. 사실 그곳에서 나는 나의 자생을 응원하고 있었다. 단지 방법이 좀 서투를 뿐이었다.

그렇게 며칠 동안의 서툰 장사를 마치고 번 돈을 시급으로 계산해 보니 최저시급에 조금 못 미쳤는데, 지금의 나 같으면 매출을 높일 방법을 찾았을 것이다. 개인 업장들에 이벤트성 협업을 제안해 볼 수도 있었을 텐데 당시의 나는 그런 것에 둔감했다. 분명 돈을 벌고 싶은 마음은 강했으면서도 말이다.

이윽고 열린 벚꽃축제 행사에서도 모든 푸드 자전거는 법적인 문제로 영리 행위를 할 수 없다는 통보를 받았고,

자전거 도로에서의 합법적 판매 행위를 위한 제도 개선 또한 실효성이 부족했다. 주무관이며 도지사며 다들 고무적인 말을 했었는데, 곰곰 생각해 보니 고무 고무처럼 잠깐 길게 늘어났다 다시 제자리로 돌아오는 성질을 가진 말인 것 같았다.

그보다 나부터가 문제였다. 당시 여자 친구와의 관계, 꿈, 생계, 직업 같은 것들에서 발생하는 문제를 어떻게 해결해야 할지 몰라 혼란스러운 시기를 정통으로 맞고 있던 나는 어디로든 떠나고 싶다고 자주 생각했다. 떠날 돈은 없었다. 매달 최소 150만 원 이상은 벌어야만 하는 상황이었다. 돈 생각을 할 때면 자꾸 힘이 빠지곤 했다. 그러나 늘 해결책을 찾아냈던 나는 그날도 어떤 방법을 떠올렸는데, 그건 제주도에서 일을 하는 것이었다.

'제주도 갈치구이 식당, 월급 250만 원, 숙식 제공.'

나는 '이거다.' 생각하며 그곳에 지원했고 얼마 후 제주도에 내려가게 되었다. 커피 자전거는 중고 거래 카페에

올렸다. 자전거를 만들 때 '잘 안되면 중고로 팔고 취직하지 뭐.'라는 생각을 했었는데 정말로 잘 안 됐고, 취직을 했으며, 중고로 팔면서 셋 다 현실이 되고야 말았다.

어쨌거나 가장 놀라운 건 나처럼 커피 자전거를 구매하는 누군가가 대한민국에 또 있다는 사실이었다.

숙식 제공 제주살이

16

"내 생각에 그들은 어쩔 수 없이 사는 사람들이 아니라
용기 있게 사는 사람들이다.
불가능한 것을 바라며 자기 연민에 빠지지도 않고,
자신이 맺고 있는 인연에 책임감을 가지고
하루하루 열심히 살아간다."

어느 엔터테인먼트 회사와 싱어송라이터 계약을 맺고 스물여덟이 된 나는 제주도 갈치구이 식당에서 일을 하고 있었다.

제주도는 고등학교 수학여행 때 와봤던 게 다였다. 버스에 실려 이리 왔다 저리 갔다 했던 기억뿐, 제주도에 대한 감흥은 남아있지 않았다. 그럼에도 굳이 제주도를 선택한 이유는 섬이었고 자연이었고, 돈이었기 때문이다. 섬이라는 건 혼자가 되어본다는 것을 의미했고, 자연이라는 건 서울에서 나고 자란 나에겐 낭만이었다. 돈이라는 건

매달 갚아야 할 빚과 엄마의 병원비, 생활비를 감당할 수 있다는 것을 의미했다.

갈치구이 식당 과장님에게 처음 전화를 받았을 때 나는 북한산을 오르고 있었다. 족두리봉에서 제주도가 보일 리 없는데도 먼 풍경을 바라보며 저기는 어디쯤일지 생각했을 것이다. 과장님은 서울에 살고 있는 나를 면접 때문에 제주도로 오라고 할 순 없으니 전화로 면접을 봐도 괜찮겠냐고 먼저 물어봐 주면서 이런 경우가 자주 있다고 이야기했다. 나는 타지인으로서 현지인들과 일하게 될 경우, 많은 경우로 경우 없는 상황을 겪을 거라고 짐작했던 걸 뒤집어 어쩌면 오히려 경위가 밝은 사람들이 모여있을지도 모르겠다고 생각했다. 왜냐하면 이런 상황에서 만약 과장님이 라테를 좋아하는 분이거나 아날로그식 사고를 선호하는 사람이었다면 비행기 티켓을 끊고 면접 보러 올 정도의 노력은 해야 하지 않겠냐고 요구할 수 있었기 때문이었다.

전화로 합격 통보를 받은 나는 출근 이틀 전에 먼저 제주도로 내려와서 여행을 했다. 20살 때 했던 자전거 여행 이후 혼자 여행을 하는 건 처음이었다. 열심히 살았구나 싶었다. 이틀 뒤면 다시 열심히 살게 되겠지만 그래도 쉬는 날마다 제주도를 돌아다닐 수 있다고 생각하면 위안이 됐다. 그렇게 유유한 이틀의 제주를 맛본 나는 이윽고 갈치구이 식당의 스케일을 맛보며 감탄하게 되었다. 2,400만 원 정도의 매출이 나왔기 때문이었다. 월 매출이 아니라 일 매출이었다. 1,800만 원 정도의 매출이 나오는 날은 "오늘 손님 왜 이렇게 없지?"라고 말하는 날이었다. 많이 파는 날은 3,500만 원을 웃돌았다. 알고 보니 이곳은 제주도에서 내로라하는 매출을 자랑하는 식당이었다.

사람들은 '성공한 사람은 분명 어떤 특별한 능력이 있을 거야'라고 생각하는 경향이 있다. 그렇다면 나 또한 이곳에서 사장님이 가진 특별한 능력을 배우고 나와 성공했다면 좋았겠지만, 아쉽게도 나는 사장님에게 어떤 능력이 있는지 알아내기 전에 그만두어 차마 그것을 파악하지 못했다. 다만 사장님의 성공 스토리는 알고 있다. 사장님은 앞서 다섯 번 정도의 장사를 말아 드신 뒤, 마침내 방송에 나오게 되면서 대박이 터졌다고 했다. 아마 사장님이 가진 능력의 이름은 '존버(존중하며 버티기)'였지 싶다. 개인적으로 이제 나는 존버의 앞 글자 '존'이 '존중'의 줄임말이라는 것을 자주 상기하며 살아가고 있는데, 버티는 동안 스스로를 존중하는 것이 행복과 큰 연관이 있다고 느꼈기 때문이다. 그간 나는 '존중하며 버티기'가 아니라 '존나 버티기'를 해왔다. 문제는 내가 있는 곳이 사막이었다는 것이다. 누가 만든 줄도 모르는 오래된 미완성 지도를 들고 나침반도 없이 아무렇게나 뛰어다니며 무언가 나오기만을 바랐다. 그러다 우연히 오아시스를 발견해 미친 듯이 달려가 보면 신기루였으며, 걸핏하면 모래 구덩이에 빠져 허우적댔다. 나는 언제부턴가 돌아가기엔 너무 멀리 와버렸고, 나아가기엔 지쳐버렸다고 느꼈다. 자신이 처한 환경의 특성을 파악하고 스스로를 존중하며 돌볼 수 있어야지, 언제까지 버텨야 할지도 모르는데 무작정 달리다 보면 불현듯 번아웃이 찾아올 수 있다. 나는 여러 번 아웃됐다.

갈치구이 식당에는 40명가량의 직원들이 근무를 했

다. 나는 우선 수많은 동료들의 직급과 이름을 외워야 했는데 나도 어려웠지만 그들도 내 이름을 외우기가 어려웠는지 자주 나를 '문 뭐더라'라고 불렀다. 40번 대 수습 직원 문 뭐더라는 반반하게 생겼다는 이유로 홀 직원이 되어 전장에 투입됐다. 문 뭐더라도 주방보다는 홀에서 일하는 게 더 나을 것 같다고 생각했다. 갈치 전장에서는 팔 길이만큼 길고 무거운 접시(서울에서 보지 못한 크기의 갈치가 담겨 있었다)를 쉴 새 없이 날라야 했고, 동시에 머리로는 다른 손님들이 시킨 걸 되새기면서 눈은 멀리 시선을 두고 내다봐야 했다. 정신없는 탓에 함부로 대하기 쉬운 환경인 건지 직원들끼리는 만만해 보인다 싶으면 욕도 자주 했고 텃세도 있었다. 감정 조절이 어려워 보이는 헐크도 있었고, 정신력이 어떤 능력보다도 대단하다는 걸 보여준 블랙 위도우도 있었다. 나는 그다지 대단해 보이지도 않고 딱히 활약도 없는 호크아이, 아니 호구 아이였다.

나날이 피로해졌다. 그렇다고 이제 와서 '아, 생각보다 힘든 곳이었군요. 제가 오판을 한 것 같습니다. 그럼 이만 퇴사해 보겠습니다.'라고 할 수는 없었기에 나는 오늘까지만 해보자는 마음으로 지금에 집중했다. 엄마와 지인들에게도 이미 선포를 하고 온 터라 다시 돌아가는 것도 좀 뻘쭘한 일이었다. 내가 돌아가야 할 곳은 서울이 아니라 갈치구이 식당 직원들에게 제공되는 숙소였다. 그곳은 지금껏 내가 살아온 곳과는 비교가 되지 않는 큰 평수의 아파트였는데, 처음만 좋았지 넓으니까 청소만 힘들었다. 평수가 큰 만큼 사람도 많았기에 딱히 개인적인 공간이 있는 것도 아니었다. 나는 왜 현대 건축의 거장 르꼬르뷔지에가 말년에 4평 남짓한 집에서 지냈는지 알 것 같았다. 역시 튜닝의 끝은 순정이고, 풀 소유의 끝은 무소유였던 것이다.

언제나 그랬듯 이곳에서도 버티다 보니 시간은 흘렀다. 친구가 생일 선물로 보내준 3만 원짜리 리복 신발을 동력 삼아 빨빨거리며 움직인 지 두 달이 넘어갈 즈음부터 나도 이곳의 일원으로 받아들여지고 있다고 느끼기 시작했다. 텃세를 부리던 이들도 알고 보니 나름의 이유는 있었다. 일이 힘든 탓에 금방 그만두거나 몰래 짐을 싸서 도망가는 일이 빈번하다 보니 쉽게 마음을 열지 않았던 것이었다. 그들에게 텃세는 일종의 테스트였던 셈이다. 이곳에 자신의 미래를 걸고 진지하게 일하던 사람들 입장에서는 그런 경우가 반복된다는 게 꽤 힘 빠지는 일이었을 것이다.

나는 이때도 그렇고 이후에 한샘에서 일을 할 때도 자주 느꼈는데, 고된 하루를 매일 반복하면서 남을 해치지 않고 단지 자신의 세계를 밀도 있고 견고하게 지켜나가는 사람들은 정말 대단한 것 같다.

막상 그들에게 물어보면 먹고살기 위해 어쩔 수 없는 거라고 이야기하지만 내 생각에 그들은 어쩔 수 없이 사는 사람들이 아니라 용기 있게 사는 사람들이다. 불가능한 것을 바라며 자기 연민에 빠지지도 않고, 자신이 맺고 있는 인연에 책임감을 가지고 하루하루 열심히 살아간다. 그런 그들을 바라볼 때면 나는 마음이 무거워지곤 했다. 나와는 다르게 그들은 사람을 들이는 것에 대한 책임도 알고 있었고, 막연한 희망보다는 지금 발 딛고 있는 곳에서 최대한의 행복을 누릴 줄 아는 사람들 같아 보였다. 그들이 부러운 마음과, 그래도 나는 내 방식의 삶을 살아보겠다는 생각이 함께 들었다. 물론 지금까지 내가 만난 사람들 중에 마냥 행복한 사람은 없었다. 당연한 얘기겠지만 그들도 저마다의 아픔과 불안을 가지고 있었기 때문이다. 그리고 앞으로의 내가 이 사실만이라도 잊지 않고 살아갈 수 있다면 타인에게 조금은 더 다정할 수 있을 거라 생각한다. 최소한 실례라도 더 적게 범할 수 있을 것이다.

삶의 질이야 어찌 됐든 월급날 내 계좌에 들어온 2,500,000이라는 숫자를 바라보는 일은 꽤 좋은 경험이었다. 그간 200만 원이 넘는 실수령액을 받아본 적이 없었던 터라 많은 돈처럼 느껴졌다. 엄마에게 100만 원을 보내고 80만 정도의 빚을 갚고도 70만 원 정도가 남았다. 그 덕에 쉬는 날을 만끽할 수 있었다.

쉬는 날 아침이 되면 숙소 근처에 있는 동네 목욕탕을 갔다. 입구부터 음침한 그야말로 로컬 목욕탕이었고 내가 갈 때면 늘 사람이 없거나 한두 명 있을 뿐이었다. 널찍한 탕에 들어가 벽면에 설치된 TV를 보며 피로를 풀 수 있어 좋았다. 나는 온탕과 냉탕을 10분 정도의 간격으로 왔다 갔다 하며 세포 하나하나 살아있음을 느끼는 목욕법을 선호했는데, 나중에 이걸 냉온욕이라는 말로 부른다는 것을 알게 되었다. 대표적인 냉온욕의 실천자로 고(故) 송해 선생님과 고(故) 정주영 회장이 있었다고 한다. 때문에 냉온욕은 장수의 비결로도 널리 알려져 있다. 의도치 않게 장수 목욕법을 계승하던 나는 목욕을 마치면 제주 음식들을 찾아 먹고 바다가 보이는 카페에 갔다. 그곳에서 멍 때리고 앉아 바다를 바라보고 있으면 내가 제주에 와 있다는 게 새삼 실감이 났다. 그리고 불과 몇 달 전까지 서울에 살고 있었다는 사실이 이상하게 느껴지면서 한편으로 내가 상상하는 충만한 행복의 모습이 제주와 어울릴 것 같다고 생각했다. 인터넷만 되면 집에서 안 나가도 딱히 답답함을 못 느끼는 나지만, 제주에 집 하나 사서 테라스에 앉아 자연 바라보며 원격으로 일하면 그야말로 개꿀처럼 달콤할 것 같았다. 그런 날이 오면 나는 꼭 우효의 민들

레와 검정치마의 TEAM BABY 앨범을 틀어놓을 것이다.

내가 제주 생활에 변덕 혹은 각성을 하게 된 건 식당에서 일한 지 세 달이 되어갈 즈음 시간당 페이를 계산해 본 후부터였다. 월급을 내가 식당에 머무르는 시간으로 따져보니 최저시급 수준이었다. 나는 '그렇다면 꼭 이곳에서 일할 필요는 없지 않을까? 내가 식당을 차리려는 것도 아니고, 식당에서 일하는 것보다는 카페에서 일하는 게 나한테 더 도움이 될 것 같은데. 이런 시스템의 카페는 없을까?' 하는 생각에 다다랐다. 웃어른들의 표현을 빌리자면 배부르고 등 따습다고 욕심을 부리기 시작한 것이다. 피로가 쌓인 탓에 높아진 도망치고 싶은 욕구가 생존과 상생을 이루는 타협점을 제시한 것인지도 모른다. 얼마 후 나는 내가 생각했던 조건에 적합한 카페를 찾아냈고 합격 통보를 받았다. 숙식 제공이었고 월급은 식당보다 40만 원 정도 적었지만 하루 13시간 정도 식당에 머무르던 걸 생각하면 9시간 머무르는 카페 일은 훨씬 합리적이라고 생각했다. 그간 카페에서 일만 해봤지 커피를 제대로 공부해 본 적은 없었기에, 라마르조꼬 커피 머신과 국제 바리스타 자격증을 가진 사장님이 자신과 함께 성장해 보자고 제안한 것에 나는 이미 매료되어 있었다. 그렇게 환승 이직에 성공하며 식당에 그만두겠다는 이야기를 했다. 식당은 언제나 직원들이 들락날락했기에 일을 그만두는 것에 문제 되는 부분이 없었지만 나에게 정을 준 직원들은 서운해했다. 그들은 내가 그만둘 줄은 몰랐다면서 나를 회유하고 붙잡았다. 나 역시 한편으론 그들과 헤어지는 게 아쉬웠다. 하지만 나는 내가 마음을 돌리지 않을 거라는 걸 알 수 있었다.

그런데 식당을 그만두고 숙소에서 짐을 챙겨 나오자 카페 사장님에게 문제가 생겼다. 사장님은 진심으로 미안해하며 본인의 개인적인 문제를 해결하는 동안 내가 지낼 곳을 알아봐 주었다. 소개해 주신 분은 전직 경찰이었는데 경찰 일을 그만두고 게스트하우스를 운영하면서 기타 치고, 노래하고, 바다 수영을 하며 가족과 유유자적 사시는 분이었다. 나는 그분을 세이 형님이라고 불렀다. 본

명은 알지 못한다. 내가 호칭을 뭐라고 해야 좋을지 여쭤보니 그냥 세이 형님이라고 부르라 하셨다. 흥미로운 이력을 자랑하는 세이 형님은 좋은 분이셨다. 불편한 티 내지 않고 나를 본인의 작업실에서 재워주셨고 술도 사주셨다. 세이 형님도 음악을 하는 터라 음악을 하고 있던 나에게 호의를 베푸신 것 같았다.

우리는 음악 이야기로 서로를 알아가기 시작했는데, 이야기 도중 내가 계약된 엔터테인먼트 회사의 이름을 얘기하니 갑자기 형님이 반가워하셨다. 본인이 갖고 있는 다른 건물에 술집이 있는데 그곳을 운영하는 분이 나랑 같은 회사의 뮤지션이라는 것이었다. 나는 제주도에 나랑 같은 회사 뮤지션이 있다는 것에 놀랐던 만큼이나 세이 형님이 또 다른 건물을 갖고 있다는 사실에도 놀랐다.

며칠 후 세이 형님은 그분이 운영하는 술집에 나를 데리고 가주셨다. 두 분 다 나에겐 큰 삼촌뻘이었다. 서울에서도 보지 못한 회사 뮤지션을 제주도에서 보게 된다니,

세상 참 좁다는 생각을 했다. 이윽고 나는 두 분의 이야기를 들었다. 세이 형님은 그분이 하는 인디밴드의 팬이었고, 인연이 되어 그분이 제주도까지 내려와 세이 형님의 건물에서 영업을 하는 것이었다. 사실 그때까지 나는 그분의 밴드 이름을 들어보기만 한 정도였다. 그런데 나중에 찾아보니 한국 대중음악상 최우수 모던록 음반상도 받은 대단한 밴드였다. 내가 좋아하는 앰비언트한 음악을 하고 있었다. 그분에게 이제 음악은 아예 안 하시는 건지 여쭤보려다 참았는데, 중간중간 그분의 이야기를 조합해 보니 음악 활동을 계속해 나가실 거라는 걸 알 수 있었다. 왜인지 모르겠지만 나는 다행이라고 생각했다. 그에겐 무어라 정의해야 좋을지 모를 남다른 분위기가 있다고 느꼈던 것 같다.

그리고 4년이 지난 후, 인기리에 방영 중인 드라마를 보고 있던 나는 불현듯 드라마 메인 OST 곡에서 낯익은 느낌을 받았다. 분명 언젠가 경험했던 유니크한 분위기였다. 바로 검색해 보니 역시나 그분의 밴드 노래였다. 그때 나는 친했던 친구를 길에서 우연히 만난 것처럼 반가웠고, 지구력이 참 대단한 분이구나 생각했고, 문득 그 4년 간의 시간이 궁금했다.

본디 친구 따라 강남 간다고 했던가. 4년 새 세이 형님 은 5집 앨범까지 낸 싱어송라이터가 되어 있었다. 그때 내 가 묵은 작업실에서 홀로 녹음을 하고 가내수공업으로 만든 앨범을 판매하는 이른바 낭만파 뮤지션이었다. 여전 히 공연도 하고 농구도 자주 하시는 것 같은데, 어떤 날은 시간이 없었는지 농구복을 입고 공연을 하셨다. 정말 여 전히 멋진 형님이시다. 농구복이면 어떻고 농부복이면 또 어떤가. 자신의 우주를 다채롭게 만들어가는 사람들은 언 제나 진심으로 응원하고 싶어진다.

나의 제주살이는 세이 형님의 게스트하우스에서 막을 내렸다. 카페 사장님은 개인적인 문제를 해결하지 못했다. 나는 게스트하우스 건물 옥상에서 혼자 맥주를 마시면서 바다 노을을 한참 동안 바라보았다. 그리고 앞으로의 삶 을 어떻게 영위하면 좋을지 생각했다. 세이 형님은 지인들의 게스트하우스에서 일할 수 있도록 나를 소개해 준다고 하셨지만 내가 살아가기엔 모자란 월급이었다. 나는 우선 다시 서울로 올라가 일자리를 구하기로 마음먹었다. 슬펐던 기억은 없다. 그저 얼른 일을 구하고 돈을 벌어야 한다는 생각에 마음이 급할 뿐이었다.

그렇게 나는 오랜만에 엄마에게 전화를 걸어 서울로 올라간다는 이야기를 했고, 엄마는 반가워했다. 그리고 내가 집으로 돌아왔을 때 엄마는 별일 아니라는 듯이 병원에 다시 입원해야 할 것 같다고 말했다. 당뇨, 고혈압, 허리 디스크가 심해져 의사 선생님이 당분간 입원하라고 했다는 것이었다.

몇 달 만에 마주한 엄마는 몰라보게 살이 빠져 있었다.

개와의 연애

(A-Side)

"걔도 나를 옴팡지게 좋아해 줬다.
내가 온갖 표현과 갖은 노력을 해서
걔를 앞질렀다 생각하고 우쭐대면,
걔는 손쉽게
자신의 사랑이 나보다 크다는 걸 증명했다."

＊

2년 하고 7개월. 걔와의 연애 기간. 구질구질한 시절에 만나, 서로의 마음을 구구절절 설명해야만 지속 가능한 연애를 했다. 만남과 헤어짐을 5번 정도 반복했을 때 비로소 더 이상 반복할 일이 없어졌다. 우리는 헤어짐으로 반복을 마무리했다.

나는 걔를 옴팡지게 좋아했다. 속기사라도 된 마냥 걔가 말한 수많은 음악과 영화와 맛집을 놓치지 않으려 핸드폰에 기록했고, 그에 못지않게 수많은 핑계들로 미뤄대다 결국 기록의 반도 함께하지 못했지만 걔가 선호하는 모든 것들이 특별하게 느껴졌다.

"무슨 영화 좋아해?"라고 물어보면 감독의 이름을 먼저 말하는 사람이었다. 물론 내가 아는 감독은 없었다. 박찬욱, 봉준호가 아니었으니까.

'고레에다 히로카즈? 음…… 히레카츠 생각난다.'
'자비에 돌란? 자비……. 불교 신자인가?'
'미셸 공드리? 뭘 공들인다고?'

짐 자무쉬가 도대체 왜 좋은지는 영화를 봐도 이해하지 못했는데 「지상의 밤」을 보고 나서야 이해하게 되었다. 「이터널 선샤인」을 모르냐고 화내는 걔에게 "아, 알아! 그…… 누구더라……. 짐 캐리 나오는 영화! 그게 짐 자무쉬 영화야?"라고 하는 나를 안타깝게 쳐다보던 걔 특유의 익살스러운 표정을 참 좋아했다. 가끔은 그 표정이 보고 싶어 일부러 바보 같은 짓을 하기도 했다.

나는 걔를 공부했다. 걔가 좋아하는 것들을 듣고 보고 외우고 따라 하는 게 걔를 사랑하는 일이었다. 라테는 저어 마시는 게 아니라는 걸 배웠고, 버니니는 바나나가 오타 난 게 아니라 술이라는 것도 걔 덕분에 알았다. 베스트셀러 에세이보다 고전소설에 더 손이 갔고, 멜론 TOP100보다 먼 나라 뮤지션들의 음악을 더 들었다. 정치하면 조 정치부터 떠올리던 내가 연예란보다 정치란 기사를 더 클릭하게 됐고, 올림픽홀이 아니라 광화문에 나가 촛불을 들었다. 걔는 나에게 분노할 줄 알아야 한다며 이런저런 정치 얘기로 자주 분노했는데, 나는 걔의 분노가 충분히 성숙해 보였다. 화가 난 걔 이마에 지렁이 세 마리가 생기는 것도 마음에 들었고, 신이 나면 개구쟁이가 되어 나를 못살게 구는 모습도 좋았다.

걔도 나를 옴팡지게 좋아해 줬다.

내가 온갖 표현과 갖은 노력을 해서 걔를 앞질렀다 생각하고 우쭐대면,

걔는 손쉽게 자신의 사랑이 나보다 크다는 걸 증명했다.

"가장 훌륭한 사진이 어떤 거게?"

"어떤 건데?"

"피사체에 대한 애정이 담긴 사진이야."라고 말하며 내 사진을 찍어주던 걔의 표정은, 영락없이 사랑에 빠진 사람의 표정이었다.

우리는 옴팡지게 좋아했으니 옴팡지게 좋은 일들로 채워졌어야 했는데 이별을 했다. 우리가 헤어진 이유는 물어보지 않아도 대답이 되는 것들 때문이었다. 가령 자고 있어야 할 시간에 자고 있지 않다는 걸 알아버렸거나. 같이 기대했던 영화를 암묵적으로 제외하고 다른 영화를 예매한다거나. 가고 싶어 했던 식당을 더 이상 가려고 하지 않는다거나. 서로를 궁금해하지 않는다거나.

누구 하나 그 이유에 대해 물어보지 않았다. 우리는 서로에게 옴팡져 많이 울었던 탓에 마음마저 습기가 차 곰팡이가 생겨버린 것 같았다.

어느새 걔가 호(好) 하던 것들은 스며들어와 나를 이루고 있는데 걔는 없다는 사실에 자주 공허했다. 그 공허함

은 친구를 만나 술 마시고 담배 피우고 일에 몰두하는 걸
로 채워지지 않는 다른 종류의 것이었다.

이별 한참 후에 핸드폰 사진을 정리하다가 내 사진을
찍어주던 걔의 표정이 생각났다.

어디서든 그런 표정으로 반짝이고 있었으면.

우리가 했던 수많은 약속과 손쉽던 말들이 떠오르더
라도 쉬이 웃어넘길 수 있는 날들이었으면.

개

와

의

연

애

(B-Side)

18

"사랑의 책임과 신뢰를 잃어버린 후유증은
오래도록 나를 따라다니며 괴롭혔다.
그리고 내가 아는 어떤 여자도
이런 고민을 넘치도록 해왔을 터였다."

기억이란, 특히 사랑의 기억이란 어느 쪽으로건 윤색되기 마련이다. 하여 힘껏 사랑했던 나와 걔의 관계를 한껏 윤색하여 규정해 본다면 그건 아마 '경찰과 도둑'이라 부를 수 있을 것이다. 그렇다면 장르 역시 제목에 걸맞도록 로맨스보다는 어린 시절 부모로부터 영향받은 결핍을 자각하지 못한 채 성인이 되어버린 두 남녀가 각자의 결핍을 채우기 위해 끊임없이 서로를 괴롭혀대는 스릴러 드라마가 어울릴지 모르겠다.

　　휘영청 달 밝은 밤 나는 걔의 집 앞 놀이터 벤치에 앉아 주변을 두리번거렸다. 미수로 그친 저번 범행 계획은 오늘 시행될 것임이 분명했다. 증거는 확실했다. 알리바이는 허술하기 짝이 없었고 걔는 아직 자신의 거짓말이 나에게 탄로 났다는 사실을 인지하지 못하고 있었다. '이번에는 결코 용서하지 말아야지.' 나는 누군가 골목을 돌아 걸어 나올 때면 생기는 그림자를 바라보며 생각했다. 가로등 빛에 길게 늘어진 그림자가 하나이길 바라는 한편의 마음을 애써 외면하며 그저 얼른 이 기약 없는 수사가 끝나기만을 갈구하는 순간들이 계속됐다. 그리고 마침내 사이좋게 겹쳐진 두 개의 그림자가 골목을 돌며 존재감을 드러냈다. 현장 검거는 처음인지라 심장이 평소보다 빠르게 뛰는 것 같았다. 바람은 제법 매서웠다. 겁 없는 서늘한 겨울바람이었다. 나는 걔를 사랑하며 의심했다. 물론 앞뒤를 바꿔 '나는 걔를 의심하며 사랑했다.'라고 표현해도 전혀 어색함이 없을 것이다. 그 결과 나는 걔의 수없이 많은 거짓말과 두 번의 바람을 정통으로 맞아야만 했다. 걔의 바람기는 처음엔 다른 이름으로 불려졌다. 개구쟁이 같은 '천진함'으로도 불렸고, 온갖 것들에 대한 '호기심'이라고도 불렸다. 나는 걔의 호기심에 속해 있었고 나 역시 천진함을 지닌 걔의 그런 모습이 좋았다.

처음 이별을 통보했던 날 걔는 안 그래도 개구진 얼굴을 한껏 더 찌푸리며 닭똥 같은 눈물을 떨어뜨렸다. 울고 싶은 건 난데 오히려 싸늘한 내 표정 때문에 마음이 아프다던 걔의 말이 싸했다. 바람을 피운 연인에게 다정한 표정으로 이별을 고한다는 건 어디서 배울 수나 있는 걸까. 다시는 실수하지 않겠다며, 진심으로 사랑하고 있는 건 나뿐이라는 걔의 말을 진심으로 믿기 어려웠다. 나는 걔의 진심보다 실수가 더 중요했다. 같은 말만 반복되는 상황에 지쳐버린 나는 걔의 연락을 무시했고, 때문에 걔는 내가 없는 나의 집에 찾아와 문을 두드렸고, 그 탓에 나의 엄마 앞에서 눈물을 흘리며 위로를 받아 갔다. 엄마는 어찌 됐든 자신의 눈앞에서 울고 있는 사람에게 모질게 대할 수 있는 사람이 아니었다. 그때 나는 사람은 누구나 실수를 하는 거라는 엄마의 말보다 나의 감을 더 믿었어야 했다. 그러나 결국 걔를 용서함으로써 내 첫 번째 이별은 실패로 돌아갔다.

나는 용서의 의미를 미처 헤아려보기도 전에, 다시 말

해 마음 한구석에 찐득하게 들러붙어 버린 불순물을 걸러 내지 못한 채로 용서했답시고 젠체한 것이나 다름없었다.

우리가 결코 해피엔딩을 맞을 수 없을 거라는 생각을 갖게 된 건 세 번째 이별을 하고 네 번째 만남을 이어가던 어느 날이었다. 홍대에서 데이트를 하던 중 와이즈파크 건물에 들어갔는데 덜컥 숨이 쉬어지질 않았다. 놀란 나는 자리에 주저앉아 숨을 쉬기 위해 애썼고 나만큼이나 놀란 걔는 나를 걱정했다. 그때 알았다. 내가 사랑하는 마음과는 별개로 여전히, 아니 어쩌면 영영 걔를 믿지 못할 거라는 사실을 말이다. 나는 나의 그릇을 지나치게 과대평가했다. 그리고 세상은 그런 내게 종종 회초리를 들어 정신을 차리게 만들어주었다. 얼마간 지나지 않아 병원 진료를 받으러 갔을 때 의사 선생님은 비슷한 증상이 느껴지면 먹으라고 약을 처방해 주셨는데, 약봉지에 공황 장애 약에 대한 설명이 적혀 있었다. 그간 출퇴근길 지하철 안이나 사람이 많은 곳에 있을 때면 미약하게 느껴졌던 답답함과 어지러움이 일종의 전조 증상이었나 싶었다.

'해병대 정신으로 이겨내리라.' 고작 이 정도 일로 나약해져선 안 된다고 생각한 나는 마음을 다잡으며 약을 서랍 깊숙이 넣어두었기에 굳이 약을 찾아 먹는 일은 없었다. 이후에 제주도에 내려가고 다시 서울로 올라와 걔와 마지막 이별을 하게 되면서 그런 증상은 더 나타나지 않았다.

걔의 결핍은 외로움에 관한 것이었다. '어쩌면 내가 온전히 믿지 못한 탓에 걔를 더 외롭게 만들었던 걸까.' 그러나 이미 삐져나온 불신을 어떻게 다시 집어넣고 그 자리를 믿음으로 메꿀 수 있는 건지는 알 수 없었다. 나는 왜 그렇게 걔를 믿고 싶었던 걸까. 그러면서도 의심하는 마음은 왜 끝끝내 버리지 못했을까. 나의 결핍은 늘 돈과 관련된 것이라고만 생각해 왔는데 그 너머에 무언가가 더 있는 것만 같았다.

가만가만 돌이켜보면 걔는 내가 알던 누군가와 많이 닮아있었고, 걔를 이해하고 싶어 하는 내 모습 또한 누군가와 닮은 듯했다. 세월을 건너뛰어 다시 마주하게 된, 사랑의 책임과 신뢰를 잃어버린 후유증은 오래도록 나를 따라다니며 괴롭혔다. 그리고 내가 아는 어떤 여자도 이런 고민을 넘치도록 해왔을 터였다.

겁보 탈출기

19

"그저 막연히, 앞으로 겪을 수많은 일들이
나를 더 나은 사람이 되게끔 하는 일들이었으면
좋겠다고 생각했다."

대학교 1학년 1학기를 마치고 팔자 좋게 늘어져 '세상 모든 닭을 만나보겠다'라는 생각으로 닭들을 하루에 한 마리씩 불러내던 시기였다. 간혹 호식이나 티바라는 친구의 안부가 궁금할 때면 두 마리를 불러내기도 했다.

어느 날 나는 배속에 닭을 가득 품은 채 잠결에 꾼 어떤 '꿈' 때문에 군대에 가야겠다는 생각을 하게 되었는데, 꿈을 꾼 그날 바로 병무청 홈페이지에 들어가 가장 빨리 입대할 수 있는 해병대에 지원을 했다. '붙어라 떨어져라'를 무한 반복하며 널뛰기하던 내 마음을 달랠 방법을 당시의 나는 알지 못했다. 합격 발표 날이 돼서야 상황이란 놈이 '넌 이제 빼박이다'를 외치며 나를 다그쳤고, 나는 7 대 1의 경쟁률을 뚫으며 합격했다는 사실로 두려움을 조금은 위안 삼았다. "우리의 주적은 누구인가요?"라는 면접관의 질문에 당당히 "미국이오!"를 내질렀던 한 친구는 다섯 번의 재시험을 치르고 나서야 영광스러운 내 후임이 될 수 있었다고 한다.

"엄마 나 군대가."

"언제? 어디로?"

"2달 뒤에, 해병대."

"정신 나간 놈."

엄마 몰래 입대 날짜를 받아놓은 정신 나간 나는 결코 무서워서 예비 훈련이라도 해야겠다는 생각을 했고, 그 와중에 추억을 쌓고 싶어 자전거 여행을 선택했으며, 내 주변을 서성거리던 친구 P에게 "당신을 스카우트하도록 하겠습니다."라고 말했다. 대차게 거부하던 P를 향해 "그렇다면 널 납치해 가겠다. 그게 안 된다면 너의 소중한 물건들을 네가 잠든 시간에 모두 훔쳐 가겠다."라는 천사소녀 네티 식의 협박을 여러 차례 한 결과, 죄 없는 P는 초등학교 때 마지막으로 탄 뒤 창고에 방치해 둔 자전거를 끌고 나를 따라왔다. 나는 인터넷에서 최저가로 판매하던 자전거를 구매했다. 부모님이 쥐여주신 비상금 15만 원, 핸드폰, 텐트, 지도, 3단 호신봉, 음식과 옷을 챙긴 가방이 있었고, 계획이나 목표는 있지 않았다.

우선 지긋지긋한 은평구를 벗어났고 한강을 따라 안양에 가기로 했다. 선택의 기준은 쉽게 찾아갈 수 있으며 익숙히 들어본 이름이어야 했으니 "병채가 안양과학대 다니지 않아?"라는 질문에 "그래, 그럼 안양 가자."라는 대답은 충분히 정상적이었다 믿는다. 우리는 서울 집에서 드라마 몰아 보기에 열중하던 병채에게 전화를 걸어 안양의 정서를 느끼고 오겠다는 야심 찬 포부를 밝혔고 "꺼져."라는 진심 어린 응원을 받으며 은평구로부터 꺼지기 시작했다.

출발한 지 얼마 되지 않아 우리가 은평 토박이인 동시에 길치라는 걸 알게 되었다. 성산대교를 가기로 했는데 가양대교가 나왔다. 반대 방향이었다. 왔던 길을 다시 쭉 달리니 이번에는 양화대교가 나왔다. 성산대교는 가양대교와 양화대교 사이에 있었다. 왜 성산대교를 못 봤는지는 아직도 알지 못한다. '양화대교를 건너 안양에 갈 생각을 못 한 것은 쏟아지는 석양이 아름다웠던 까닭이다.'라고 이야기하고 싶지만 우린 그냥 같이 돌았을 뿐이었다.

오전에 출발한 여행은 어느덧 저녁이 되었는데 나와 P는 집에서 9km 벗어난 거리를 헤매고 있었다. 여행이라기엔 산책을 나온 거리였고, 산책이라기엔 자전거 뒤에 가득 실린 짐이 의아했다. 내 뒤를 따라오는 P의 투덜거림이 바람을 타고 흘러들어 왔다.

저녁 9시가 돼서야 안양 어디쯤에 도착한 나와 P는 텐트 칠 곳을 찾아 방황하다 아무도 없던 학교의 운동장을 선택했다. 운동장 한편에 텐트를 치고 굶주린 허기를 채우기 위해 가방에서 사람이 먹을 수 있는 것들을 모조리 꺼내 놓았다. 그래봤자 라면, 참치캔, 즉석밥 정도였고 한입쯤은 날벌레도 함께 먹었을 테지만 여느 식당에 꿀리지 않을 맛이었다. 우리는 어두컴컴한 학교 개수대에서 촉감에 의지한 설거지까지 마무리하고 텐트 안에 누워 그날의 대모험을 한참 나불대다가 잠이 들었다.

다음 날 새벽, 분명 정체불명의 소리에 잠이 깼는데 막상 깨고 나니 아무 소리도 들리지 않았다. 얼마 후 무언가가 우리 텐트에 부딪히며 소리를 냈고, 아까 들은 소리였을 거라 여기며 온 신경을 귀에 집중해 봤지만 소리는 증발했다. 5분, 아니 3분 정도 지났을 무렵 다시 소리가 났다. 그리고 또 3분쯤 뒤에 소리가 났다. 나는 새벽에 학교 운동장에서 일어날 수 있는 일에 대해 생각해 보았다.

뉴스에서 봤던 묻지 마 범죄들이 머릿속을 스쳐 지나갔다. 집에서 걱정하고 있을 엄마의 얼굴과, 남겨 놓고 온 치킨과, 방학 전까지 썸 비슷한 걸 탔던 그 애가 생각났다. 갓 스무 해 넘긴 내 몸으로 무서움이 스멀스멀 기어오르고 있었다. P를 깨웠고, 한 번 더 소리가 나면 나가봐야겠다고 다짐했다. "퍽." 텐트에 무언가 부딪히는 소리가 났다. 나는 한 손만 쭉 뻗으며 얼굴과 몸통을 뒤로 뺀, 그러니까 내 딴에 몸을 최대한 보호할 수 있는 신묘한 자세를 한 채 텐트의 지퍼를 한 손으로 열어젖혔다. 다른 손에는 3단 호신봉이 들려있었다.

지퍼가 열린 텐트 밖으로는, 달리기를 하는 아저씨의 뒷모습이 보여지고 있었다.

'음…… 그래…… 그랬구나…….'

나는 이 아저씨가 3분에 한 바퀴씩 운동장을 돌 수 있고, 한 바퀴 돌파를 기념하는 하이 파이브의 상대로 우리의 텐트를 선택했으며, 최소 5바퀴는 거뜬히 뛸 수 있는 꽤 괜찮은 체력의 소유자라는 걸 알 수 있었다.

안심이 된 나는 아저씨의 체력 증진을 기원해 주다 다시 잠이 들었고, 등교하던 학생들의 "저 텐트 뭐야?" 하는 이야기를 듣고서 서둘러 학교를 빠져나왔다. 방학이 끝났거나 방학에도 등교하는 학생들이 있었던 것 같다.

그 이후로 우리는 수원을 거쳐 천안까지 함께했다. 국도를 따라가다 눈에 띈 과일가게에서 상태 불량의 과일을 얻어먹었고, 굳이 자전거 속도에 맞춰 달리며 클랙슨 소리를 자랑하던 BMW 차주에게 우리의 된소리 발음들을 자랑했고, 찜질방에서 라면을 사 먹으며 김치 맛에 놀라 네 번이나 김치 리필을 했고, 풍경을 바라보며 달리다 눈시울이 붉어진 탓에 넘어져 고통의 눈시울을 붉히기도 했다.

그리고 천안을 떠나던 날, 힘들어서 더는 못 가겠다는 P의 투덜거림을 조금이라도 줄여보자 싶어 자전거를 바꿔 타자고 제안한 나는 아차 싶었다. 내 자전거와 체감이 달랐다. 분명 짐은 내가 훨씬 더 많이 실려있는데 P의 자전거가 더 무겁게 느껴졌다. P의 투덜거리는 모습이 더는 마냥 웃기지 않았다. 자전거를 바꿔 타자는 나의 제안을 끝내 거절한 P의 손에 서울로 가는 버스표와 호두과자를 쥐여주며 인사를 했다. P는 미안해했지만 나 역시 P에게 지지 않을 만큼 미안했다.

나는 그 이후로 더 열심히 달렸고, P가 없는 탓인지 비슷비슷한 풍경 탓인지 더 이상 눈시울은 붉어지지 않았다. 가다가 사람이 보이지 않는 어느 시골 평상에 드러누워 상상이 가지 않는 군 생활에 대해서도 상상해 봤지만 왠지 내 상상과는 많이 다를 것 같았다.

그저 막연히, 앞으로 겪을 수많은 일들이 나를 더 나은 사람이 되게끔 하는 일들이었으면 좋겠다고 생각했다.

이틀을 더 달려 김제에 도착했을 때 내 살갗은 8월 뙤약볕에 흘러내리고 있었다. 나는 그제야 '이제 됐다.' 하는 마음으로 서울 가는 버스표를 끊었고, 내가 자전거로 5일 내리 달려온 거리를 버스는 3시간이 채 되지 않아 도착했다.

저
스
트

인
생

I

20

"대체 나는 얼마나 좋은 일이 생기려고
이토록 오랫동안 예술 대박드림 청약통장을
유지하고 있는 걸까."

엄마와 아버지와 내가 아직 함께 살던 시절이었다. 나는 TV 소리를 뚫고 들려오는 다급히 외침에 귀를 기울였다. 그게 내 이름을 부르는 엄마의 목소리라는 사실을 깨닫고 일어나 현관문을 열어보았을 때 펼쳐진 풍경에 나는 경악을 금할 수 없었다. 재난 영화나 뉴스에서만 봤던 엄청난 양의 물이 반지하의 우리 집으로 다가오고 있었기 때문이었다. 그리고 손쓸 겨를도 없이 물은 순식간에 내 정강이 높이까지 차올라 우리 집 물건의 상당수를 수속성으로 만들어버렸다. 다행히 무의식적으로 학창 시절 숱하게 보아온 '위기 탈출 넘버원'의 새드엔딩이 떠올랐던 나는 수속성과 상극인 두꺼비 집을 내리고 밖으로 나와 엄마랑 함께 소방대원분들이 오시길 기다렸다. 이웃 간 데면데면한 세상에서 그간 잊고 지낸 낭만이라도 찾고 싶은 듯이 주변 사람들은 우리 집 근처로 모여들었다. 당장 집들이라도 할 것만 같아 보였다.

우선 귀중품부터 챙기라는 주변 사람들의 이야기에 나는 내가 지닌 귀중품들을 떠올려봤지만 머릿속 연병장 열두 바퀴를 더 돌려봐도 떠오르는 물건이 없었다. 이미 지갑과 휴대전화는 내 주머니에 있었으므로 나는 잘하면 득템할 물건이 있지 않을까 아이쇼핑하는 느낌으로 다시 집에 들어가 물건들을 둘러보았다. 그리고 얼마 되지 않는 것들을 가방에 넣고 한 손에 들었다. 등에는 기타를 메고 나온 내 모습을 본 엄마가 옆집 누나한테 마치 온갖 우여곡절을 버티며 자신의 꿈을 이뤄나가는 영화 주인공을 이야기하듯 나의 음악적 열정을 칭찬했다. 내가 삼십 년이 넘는 세월 동안 적응하지 못한 엄마의 모습이 있다면 바로 이런 모습일 것이다. 이미 소방대원분들의 조치가 이루어진 뒤라 안전한 상황에서 나는 단지 아이쇼핑 중 존재감을 숨기지 못하고 있던 기타가 눈에 띄어 메고 나왔을 뿐이었다. 심지어 집에서 기타를 친 적도 없었으며, 군 전역을 앞두고 말년 휴가를 나온 참이었으므로 음악적 열정을 논할만한 뭐가 없었다. '뭐, 고슴도치도 제 새끼 함함하다는데.' 생각해 보니 그런 상황에서도 이웃들과 스몰토크를 나눌 수 있는 사람의 모습을 보고 자란 내가 블랙코미디를 좋아하는 건 어찌 보면 당연한듯하다.

그나저나 비가 내리고 있긴 했으나 폭우도 아닌데 꼬부기 물대포마냥 쏟아진 물은 대체 어떻게 생겨난 것인지 궁금했다. 나는 며칠 지나지 않아 그게 윗동네에서 아파트를 짓고 있던 건설사의 물 방류로 인해 생겨난 거라는 사실을 알게 되었다. 그리고 그 소식을 듣고 우리 집을 다녀간 국회의원의 입김이 작용한 것인지 아니면 초반에 어떤 위험을 미리 예방한 것인지는 알 수 없으나 결과적으로 우리 집은 300만 원이라는 조금은 애매모호한 피해 보상금을 받게 되었다.

엄마에게 피해 보상금 문제 처리의 전권을 양보했던

아버지는 느지막이 집에 들어온 어느 날 나에게 뜬금없이 모아 놓은 돈이 얼마나 있는지 물어보았다. 보통 이런 상황에서 아버지가 그런 이야기를 할 때 정상적인 아들이라면 집에 도움이 필요한 상황이니 돈을 보태달라는 뜻으로 받아들일 텐데 어이없게도 나는 아버지가 어디선가 또 사고를 쳤을 거라는 생각부터 들었다. 생각이 현실을 만든다는 말은 이럴 때 쓰는 것일까. 아니, 이럴 때는 '왜 안 좋은 일은 한꺼번에 닥치는 걸까.' 같은 말이 적절하려나. 딱히 의미를 두지 않겠지만 그래도 정말 혹시라도 그런 게 세상의 섭리라면 좋은 일도 한꺼번에 닥치는 날이 오겠지. 대체 나는 얼마나 좋은 일이 생기려고 이토록 오랫동안 예술 대박드림 청약통장을 유지하고 있는 걸까.

끌어당김의 법칙을 증명이라도 하듯 아버지는 본인의 친구에게 100만 원을 빌렸는데 당장 갚아야 하는 상황이라고 말씀하셨다. 엄마에겐 비밀이라는 추신도 함께 덧붙이셨다. 나도 딱히 엄마의 수명을 단축시킬 생각은 없었다. 그보다는 아버지의 친구분이 궁금했다. 진정한 친구라면 자신의 친구가 더 나은 길로 가도록 도와줬을 텐데 왜 아버지의 길은 갈수록 좁고 험하고 어두워지는지 알고 싶었다. 그렇게 나는 아버지 친구분께 직접 드리겠다 말씀드렸고 곧 우리 집에서 아버지와 아버지 친구분과 내가 마주하게 되었다. 어떤 이유에서인지 아버지 친구분은 나를 보고 살짝 놀라는 기색이셨는데 아마 그때 나는 해병대 돌격 머리의 잔재가 남아 있었으므로 꽤 다부진 인상이었을 거라 추정해 본다.

아직은 쿰쿰한 기색이 가시지 않은 반지하 집에 어울릴 법한 누런 장판에 둘러앉아 대화를 나눠 본 아버지 친구분은 정중한 분이었다. 자신이 미안하다는 말과 함께 나의 아버지도 앞으로 변할 거라는 이야기를 아버지 대신 내게 건네셨고, 대신 나는 100만 원을 건네드렸다. 시퍼렇게 어린 친구 아들놈에게 조언 아닌 조언을 해줄 법도 한데 그런 말씀은 없으셨다. 그리고 그날도 아버지는 친구분과 밤새 술을 마시고 비틀거리며 들어오셨다. 나는 독립을 해야겠다고 다짐했다.

저
스
트

인
생

II

21

"운 좋게도 나는 여전히 웃음과 용기 따위가
사람을 결국 사람답게 살도록 만들어주는
사소한 전부라 믿는다."

✦

　보증금 500, 월세 30, 22살, 부모의 이혼. 내 독립의
키워드이다.

　나는 엄마에게 독립 계획을 공표했다. 그러나 이야기
를 끝내자마자 나의 독립 계획은 차질이 생겼다. "엄마도
같이 살면 안 될까?" 내 이야기를 묵묵히 듣고 있던 엄마
가 나에게 건넨 말이었다. 물론 엄마가 나의 독립을 반대
하는 상상도, 서운해하며 어쩔 수 없이 독립을 존중하는
상상도 했었다만 이건 상상 이상의 상황이었다. 이어 엄마
는 오래도록 간직해 온 생각을 나에게 어렵게 꺼내놨다.

자신의 남은 인생을 아버지와 함께하고 싶지 않다는 것이었다. 내가 엄마의 생각에 불씨를 피운 것 같아 마음이 좋지 않았다. 그리고 이내 어떤 기억들이 떠올랐다.

내가 초등학교를 졸업했을 때 엄마와 아버지는 헤어지기로 했다. 그러면서 엄마는 나에게 고모 집에서 잠시 지내고 있으면 금방 데리러 오겠다며 돈가스를 사주었다. 나는 그때 어쩌면 엄마가 다시 돌아오지 않을 수도 있겠다고 생각했다. 그리고 고모 집에서 지내는 동안에 엄마 생각을 자주 했는데 차라리 그렇게 해서 엄마가 자유로워진다면 그냥 돌아오지 않아도 괜찮겠다고 여겼다. 진짜 괜찮을 리 없었겠지만 한편으로 나는 꽤 괜찮게 자랄 수 있을 거라고 자신했다. 그간 엄마가 준 사랑만으로도 세상을 살아가기에 무리가 없을 거라 생각할 만큼 순진하고 착한 아이였다. 그 탓인지 몇 주 뒤 엄마가 돌아왔을 때 나는 눈물을 보이긴커녕 무거운 마음이 먼저 들었다. 이후 나의 부모는 몇 차례 더 큰 위기를 겪었지만 결국 다시 함께 살아만 갔다.

엄마는 내가 고등학교 2학년을 보내고 있던 어느 날에 아마 한계를 느꼈던 것 같다. 나를 집 근처 호프집에 데리고 가 치킨을 사주며 자신은 생맥주를 한 잔 시켰다. 어쩐지 평소라면 자고 있어야 할 시간에 '그냥 치킨이 먹고 싶었다'로 시작된 엄마의 소소한 이야기들은 맥주가 사라져 가는 양과 비례하여 점점 농도 깊은 이야기로 흘러갔다. 그리고 결국 엄마의 입에서 살고 싶다는 말이 나왔다. 나는 "살기 싫다" 대신 "살고 싶다"라고 얘기하던 엄마의 말이 너무 속상하게 느껴졌다. 그런 엄마에게 아버지와 헤어지고 싶으면 헤어지면 된다고 담담하게 말해주었다. 오랜만에 하는 얘기였다. 어린 시절부터 혹여나 나 때문에 엄마가 자신의 삶을 포기했다고 생각하지는 않을까 염려했던 나는 자라면서 몇 번쯤 엄마에게 내 생각을 전달한 적이 있었지만 그때마다 엄마는 결코 그렇지 않다고만 대답했다. 그리고 언젠가부터 나는 내 부모의 삶을 방치한 채 나의 삶에 집중하기 시작했다. 그날 밤 생맥주 한 잔에 묵은 마음이 비어져 나와버린 엄마는 다음날 그냥 속상해서 해본 말이니 신경 쓰지 말라면서 평소와 같이 출근을 했다.

이제 와 그녀가 대단하다고 생각하는 건 그 긴 세월을 버텨낸 것도, 무책임한 남편을 이해하려 노력한 것도 아니라 당신 자식에게 한 번도 무언가를 강요하지 않았다는 거다. 충분히 보상 심리가 있을 법도 한데 나는 엄마에게 강요를 받아본 기억이 없다. 엄마는 늘 나를 응원하고 걱정하고 존중할 뿐이었다. 내가 원하는 거라면 그렇게 하라고, 대신 그 선택에 대한 책임도 본인이 져야 한다는 사실을 언제나 강조해 주었다. 내가 대학을 자퇴한 것도, 음악을 하게 된 것도, 그때그때 마음 내키는 일을 하며 번잡스럽게 살아온 것도, 그리고 이런 스스로를 인정하며 괜찮은 삶이라 여길 수 있게 된 것도 엄마의 조기 교육 덕분인 듯하다. 그런데 이상하게 엄마가 나에게 한없이 강조한 그 이야기들은 마치 엄마 자신에게 하는 이야기였던 것 같기도 하다.

내가 독립 계획을 공표했을 때 엄마는 부탁을 한 것이므로 거절해도 상관없었겠지만 그녀에 대한 연민을 차치하더라도 나는 같이 사는 편이 합리적이라고 판단했다. 방 하나씩 쓰면서 생활비를 분담하면 좋을 것 같았다. 또 나는 충분히 정신적으로 독립했다고 생각했었기에 엄마가 내 삶의 방향에 영향을 끼치진 못할 거라 자신했다. 그 길로 엄마는 아버지에게 헤어지자는 뜻을 전했고 아버지는 알겠다고 대답했다. 두 사람 일에 나는 어떤 개입도 하고 싶지 않았기에 그저 혹시나 벌어질 수 있는 좋지 않을 상황에 대해 예의 주시만 하고 있었다. 얼마 후 아버지는 네 엄마랑 잘 먹고 잘 살라는 말을 남기며 나에게 100만 원을 더 받아 가셨다. 나는 아버지가 그 돈을 다 쓰면 다시 우리를 찾아올 거라는 걸 예상할 수 있었다. 아버지가 심어준 능력이었다. 엄마의 조기 교육이 주체성을 키우기 위한 교육이었다면 아버지의 조기 교육은 사람의 거짓말을 판별하는 직감 발달 교육이었다.

아버지는 어렸을 때부터 나의 예상을 빗나간 적이 없었다. 어쩌면 아버지는 너무 빨리 아버지가 되었는지도 모르겠다. 그런 아버지를 안쓰럽게 여길 수 있는 날이 온다면 나는 누구도 미워하지 않고 살아갈 수 있을 것만 같은데, 인간으로서는 이해하지만 아직 아버지로서 인정할 수 없기에 내가 아버지를 안쓰럽게 여기기는 어려울 것 같다. 이제는 몇 년에 한 번씩 고모를 통해 아버지 소식을 전해 들을 뿐이다. 내 아버지의 누나, 그러니까 나의 고모는 자신의 동생과 이혼한 여자랑 여전히 친구처럼 지내는데 나는 그들을 볼 때면 사람과 사람의 관계란 단어로 규정되는 것이 아니라 표현으로 형성되는 거라는 걸 새삼 느끼곤 한다. 가족이라는 단어만으로 일상을 함께하기엔 아버지는 나에게 거리가 필요한 사람이었다. 글로도 옮기지 못할 흉한 기억들. 나는 어렸을 때부터 평온한 일상이 간절했다. 그리하여 이토록 매정하게 자라난 아들은 기어이 아버지와 연을 끊었다. 다만 더 신랄하지 못하는 건, 그래도 사랑이라 칭하기엔 남루하지만 허술한 웃음이 난무했던 얇고 짙은 기억들이 존재하기 때문이다.

얼마 전에 좋아하는 친구가 자신은 사람 관계에서 쓸모를 가장 중요하게 생각하는 것 같다는 이야기를 한 적이 있다. 친구의 이야기에 다른 친구가 자신은 그렇게 생각하지 않는다고 대답했다. 아마도 그 친구는 함께한 시간, 추억, 온정 같은 것의 소중함을 이야기하고 싶었으리라. 그리고 조금 취했던 나는, 쓸모를 가장 중요하게 생각한다는 친구에게 그건 너무 속상한 것 같다고 이야기하며 눈시울을 붉히고 말았다. 그 외에 다른 어떤 말도 자신 있게 건넬 수 없었다. 쓸모 외의 가치들을 우선하기엔 이미 나는 너무나 쓸모를 중요하게 생각하는 사람처럼 느껴졌다.

그런데 생각해 보면 그냥 서로 중요히 여기는 쓸모의 종류가 다른 것뿐이라고도 할 수 있지 않을까.

하물며 어떤 날은 쓸모 있다가 또 어떤 날은 쓸모없게 느껴지기도, 때론 참아가면서 기다려야 하는 시간이 필요하기도, 그럼에도 헤어짐을 선택하거나 요구받는 게 인생이라면 그저 우리는 각자의 시선으로 어딘가를 내다보며 살아가는 수밖에. 역시 아무래도 상관없겠다.

과거는 지나갔고 미래는 아직 오지 않았다고 하던데 그렇다면 현재의 나는 무엇을 바라보고 살아가야 할까.

그리고 그건 얼마나 일관성 있을 것이며 또 언제까지 지속될 것인가. 알 수 없다. 단지 어느 시절을 살아가는 나는, 내가 사랑하는 이들에겐 일관적인 사람이되 삶만큼은 종잡을 수 없길 바라본다. 어찌 됐든 전개가 뻔한 영화만큼 지루한 영화도 없을 테니. 그러므로 나의 블랙코미디는 계속될 것이다. 피땀 눈물 흘려가며 빚 땅 건물 같은 것들의 쓸모를 끊임없이 고민하면서 말이다.

그리고 다시 한번.

'나의 사랑하는 사람들은 그저 긴 세월 내 옆에 있어 준 것으로 내게 나약하고 한심해도 괜찮다고 이야기해 주었다.'

하지만 그럴수록 나는 더 힘내어 살아가겠지.

운 좋게도 나는 여전히 웃음과 용기 따위가 사람을 결국 사람답게 살도록 만들어주는 사소한 전부라 믿는다.

나의 삶을 나에게 맡긴다. 저스트 인생이다.

에필로그
(Epilogue)

　　누군가 인생 영화를 물어볼 때면 늘 「월터의 상상은 현실이 된다」를 먼저 떠올린다. 원제는 'The Secret Life of Walter Mitty.'

　　이 영화는 B급 코미디 영화로 분류된다. 그래서인지 나는 한편으로 예술성이 뛰어난 작품을 이야기하고 싶은 기분도 들지만 이내 '아무렴 어때.'라는 말로 생각을 끝맺음한다. 그 무의식에는 내 인생 또한 A급이 아니라는 자조 섞인 판정과 그런 나를 끌어안으려는 노력이 담겨있을 것이다.

영화의 주인공인 월터는 '라이프'라는 잡지의 표지 사진을 현상하는 일을 16년째 직업으로 삼고 있다. 그러나 잡지의 폐간이 결정되고, 마지막 호의 표지 사진을 잃어버리게 되면서 직접 사진을 찾아 여행을 떠난다. 월터가 사진을 찾았는지는 중요하지 않다. 사진을 찾기 위해 떠난 여행에서 인생의 목적을 찾았기 때문이다. 그가 찾은 인생의 목적은 이것이었다.

'세상을 보고, 무수한 장애물을 넘어, 벽을 허물고 더 가까이 다가가, 서로를 알아가고 느끼는 것.'
나는 이걸 사랑이라 부르려 한다.

K, 아니 알로하와 이별하고 나는 한동안 죽은 것과 같았다. 다만 살아가야 했다. 그 순간에도 내가 짊어진 책임만이 선명하게 존재했기에 삶은 나의 목덜미를 잡아채 일으켜 세웠다.
가난은 늘 이런 식이었다. 언제나 충분히 슬퍼하는 것조차 용납하지 않았다. 그러나 정작 용서할 수 없는 것은 가난이 아니라 헤어지자는 간편한 말로 인연을 뭉개버린 나의 한심함과 알로하의 마지막 말이었다. 내가 행복했으면 좋겠다는 알로하의 마지막 다정한 말은 바쁜 일상 중에도 맥락 없이 수면 위로 떠올라 나를 울게 만들었다. 그 눈물겹도록 다정한 말을 용서하기 위해서 나는 별수 없이 행복해지는 방법을 찾아내야 했다. 이 책은 그 시도 속에 탄생하게 되었다.

나를 돌아보는 작업은 너무나 어렵고 아픈 일이었다. 솔직하지 못한 문장들은 모두 지우고 다시 써 내려간 탓에 오래 걸렸고, 또 그 탓에 거의 모든 내 치부를 드러낸 책이 되어버렸다. 그러나 슬픔 없이 사랑이 존재할 수 없다는 것을 알기에 그것을 후회할 일은 없을 것이다. 그저 대단할 것 없는 나의 삶이 어디로든 닿아 누군가에게 도움이 되었으면 한다.

사랑은 사람을 바꿀 수 있다. 사랑은 나를 타일러 스스로를 돌아보도록 했고, 끝끝내 삶을 직면할 단단한 웃음과 용기를 심어주었다. 사랑으로 배웠기에 내가 받은 상처들은 이제 대수롭지 않다. 나를 아프게 한 사람들이 아닌 내가 아프게 한 사람들에게 마음이 쓰인다. 많은 판단을 내리지만 쉽게 내뱉지 않고, 내려보지 않으려 끊임없이 나를 의심한다. 용기 내어 용서를 구하기도 한다. 나는 사랑으로 인해 변해왔다. 그러니 앞으로도 계속 다정한 고집을 부리고 성실한 낭만을 벗 삼아 사랑을 가꾸어 갈 것이다. 나를 이룬 사람들에게 부끄럽지 않도록.